余波未了

王森 著

SPM 南方出版传媒
广东人民出版社
· 广州 ·

图书在版编目（CIP）数据

余波未了 / 王森著 . — 广州：广东人民出版社，
2020.6

ISBN 978-7-218-13479-6

Ⅰ . ①余… Ⅱ . ①王… Ⅲ . ①散文集－中国－当代
Ⅳ . ① I267

中国版本图书馆 CIP 数据核字（2019）第 058499 号

YUBO WEILIAO

余波未了

王森 著

出 版 人：肖风华

责任编辑：马妮璐　刘　宇
责任技编：吴彦斌　周星奎
装帧设计：人马艺术设计·储平

出版发行：广东人民出版社
地　　址：广州市海珠区新港西路 204 号 2 号楼（邮政编码：510300）
电　　话：（020）85716809（总编室）
传　　真：（020）85716872
网　　址：http://www.gdpph.com
印　　刷：天津丰富彩艺印刷有限公司
开　　本：880mm×1230mm　1/32
印　　张：8　字　数：138 千
版　　次：2020 年 6 月第 1 版
印　　次：2020 年 6 月第 1 次印刷
定　　价：45.00 元

如发现印装质量问题，影响阅读，请与出版社（020 - 85716849）联系调换。
售书热线：（020）85716826

目 录

余 波 未 了

I

目 录

余 波 未 了

"余波未了"是这本书的名字，也是我在台北的咖啡馆的名字。这间位于台北罗斯福路三段 128 巷 9 号的咖啡馆是 2015 年 2 月 12 日开业的，而"余波未了"这个名字是 2012 年就想好的，那一年是王小波离世十五周年，当时就想用"余波未了"作为书名出一本书。只是书名想好了却迟迟没有动笔，一是过去五年里每个月给参差咖啡梦想学校的学员上课成了我生活的主轴，抽不出整块的时间；二是对于写关于王小波的书这件事，心存敬畏。就这样一晃五年又快过去了。反倒是以"蓄谋"的书名"余波未了"命名的咖啡馆先开了。

在台北开"余波未了"咖啡馆对我来说是一举两得。从 2012 年 10 月第一次到台湾旅行，我到台湾许多次，平均每年 5 次，每次一至两周，以至现在台北的朋友每次跟我道别的时候都已经习惯说"什么时候回来",而不是"什么时候再来"。之所以频繁到台北小住,是这里的生活气息正是我喜欢的,倍感舒服的。她有着西方一些城市的文明和秩序,更有西方没有的让我感到亲切和熟悉的人文和氛围,尤其是华人勤劳的特质而带来的生活便利,这在西方城市是不能想象的。准确地说,2013年第二次来台湾的时候,我就动了心思,要给自己找个借口常常来。

多年来,我最毫不客气接受的表扬就是说我行动力强。想到了,就马上行动,在没有任何台湾朋友指路的情况下,我直接在台北 Google 出两家会计师事务所,分别上门拜访,之后选择了一家提出申请。回到武汉,通过邮件、快递提交资料,反复联络,一来二去,走了点弯路,花了一年多时间,到2014年下半年才得到当局投审会的批复。半年内我三次自由行前往台北,找铺面,做设计,寻找施工队,开始施工,寻找店长和咖啡师。到施工结束,花了不到半年时间。期间,得到了一群热心的台北年轻人全方位的鼎力帮助。至于怎么认识他们的,泡咖啡馆认识的呀,作为一个店小二出身的咖啡馆主,这是基本功。至于他们为什么会热心出手帮助一个外乡人,我只想说,这是台湾的常态。如果非要加一个什么别的原因,那就是,因为王小波，我早已变成了一个真诚的、无害的好人。这样的人到哪儿都受欢迎，属于普遍而正常的现象。

2015年春节前十天，我带着参差咖啡梦想学校的两位老师一起来到台北，住在咖啡馆里三天，做最后的准备工作。2月12日也就是春节前一周，台北"余波未了"正式开业。我把咖啡馆的WiFi名字起做"remembercafe"，密码是20150212。

在"余波未了"，我特意给自己留了一间卧室，咖啡馆就算是我在台北的家了。这几天在台北，打烊后咖啡馆就成了我一个人的书房，电脑旁边有咖啡，书架上有王小波所有的作品和威士忌，冰箱里有啤酒，吧台上有同事准备的水果和点心，厨房里还有夜宵。身后的小音箱里放着我喜欢的Lauryn Hill的 *unplugged*，浅吟低唱适合写字，两个小时就码了三四千字。

在台北有了自己的小窝，有理由常到台湾，通过空间挪移就能够享受到我自认为的理想生活，此其一得也。说是一举两得当然是以"余波未了"命名了这间在台北的咖啡馆。按常理，参差咖啡过去几年在大陆发展得不错，知名度不断提高，顺势在台湾再开一间参差咖啡岂不是能够为参差品牌增色不少？可是，就想为王小波做点什么的心愿，怎么办？

要知道，在王小波默默无闻，甚至常常收到带有侮辱词汇的退稿信的1991年，台湾联合报把联合报文学奖中篇小说大奖颁给了王小波。小波的《黄金时代》获奖后在《联合报》副刊连载，并于1992年8月在台湾出版发行，之后还入选了《亚洲周刊》二十世纪中文小说一百强。两年后，《黄金时代》才在大陆正式由华夏出版社出版。不想去评价这个奖对当时的小波意义有多么重大，只需要按常识去判断，这个大奖和奖金至少坚定了小波写作可以"维持生活"的信心。感谢许倬云先生的推荐，更感谢台湾《联合报》的慧眼，让小波成了一位墙内开花墙外香的职业作家，其之后的作品得以在大陆陆陆续续顺利出版。

而且，1992年9月，也就是得奖之后的一个月，小波就正式辞去人民大学的教职，成为自由撰稿人。此时距他去世近五年时间，小波写作了他一生最重要的作品，我喜欢的诸多文章都在其中。如此，在台北用"余波未了"咖啡馆来纪念王小波，颇有渊源，而且暗藏着我对台湾这个地方的感激之情。

印象中，小波应该是没有到过台湾。如果他还在世，他一定会来台湾走走。假设他在天有灵吧，在台北有这么一间叫"余波未了"，摆满了他的作品的咖啡馆，随时在等待着、欢迎他的降临，想到这里，就觉得很美好！

这就是"余波未了"出现在台北而不是武汉或者大陆其他某个城市的原因之二。"余波未了"咖啡馆仅此一家，我也不会像参差咖啡那样再开第二间了。等将来退休了，我就赖在台北，守着这间店，向每一个不认识王小波的人介绍：曾经，有这样一个人，他叫王小波，他是一个有趣的人，而且，他不仅有趣，几乎可以肯定我是从他开始才对人真正开始有了信心。嗯，我也要给我遇见的每一个人信心。

2016 年 12 月 31 于台北余波未了

王 小 波 是 谁？

在这样一个碎片信息泛滥的时代，一个行色匆匆、左顾右盼、每天弃旧迎新的时代，我们已经习惯了以热点为谈资，每天渴望着热点的出现，不亦乐乎。上个礼拜发生的事情，主角是谁都不一定想得起来，何况王小波离世一晃已经二十多年了。于是，王小波是谁，显然是一个问题。

当然，互联网时代出生长大的孩子，这个问题自然难不倒他们，掏出手机一分钟内搞定，百度百科都不用点开，马上就有答案，一个作家：王小波（1952—1997），当代著名学者、作家，出生于北京，先后当过知青、民办教师、工人，1978 年考入中国人民大学，1984 年赴美匹兹堡大学东亚研究中心求学，两年后……

如果你还有兴趣点开，会继续看到：王小波，1952年5月13日出生，1997年4月11日就去世了，代表作品有《黄金时代》《白银时代》《青铜时代》《沉默的大多数》。"人物影响"一栏里有这样的陈述：王小波被誉为"中国的乔伊斯"兼"卡夫卡"，亦是唯一一位两次获得世界华语文学界的重要奖项"台湾联合报系文学奖中篇小说大奖"的中国大陆作家。"社会评价"一栏里有这样的描述：王小波是中国富有创造性的作家之一，他是中国近半世纪的苦难和荒谬所结晶出来的天才。他的作品对生活中所有的荒谬和苦难做出了最彻底的反讽。他还做了从来没有人想做和也没才力做到的事：他唾弃中国现代文学那种"软"以及伤感和谄媚的传统，秉承罗素、卡尔维诺他们的批判、思考的精神，同时把这个传统和中国古代小说的游戏精神做了一个创造性的衔接⋯⋯

这个评价是非常高的。可是，我还是觉得不够，这正是我本书开篇就想写"王小波是谁"的原因！王小波先生的遗孀李银河女士曾经写文章说，如果两个陌生人，甚至一群互相不认识的人，正好都读过王小波的书，而且喜欢，基本上"王小波"三个字就成了一个接头暗号。接头暗号是干吗的呢？这两年谍战片很火，大家耳濡目染自然明白，接头暗号就是用来识别自己人的。素昧平生怎么可以因为一个名字就能认定为自己人了呢？王小波到底是个怎样的人才能有这样的功能呢？

我在打理新浪微博"参差咖啡"发现，很多"80后""90后"年轻粉丝是从我的《就想开间小小咖啡馆》和微博上才第一次知道曾经有这么一位作家。近十年（我的微博年龄）来，我时不时会在微博上发一段王小波语录，对这位小波先生始终赞赏有加。有些好奇心强的年轻人觉得奇怪，怎么森哥就只对这位小波先生念念不忘呢？他到底写过什么？说过什么？他的独到之处到底在哪儿？于是，总会有人在微博上和我互动，希望我推荐一两本小波的书，想看看他到底说了些什么，何以影响森哥至深。有些行动力强的，干脆直接去买来了全套王小波文集晒在我的微博评论栏上。

看过了小波的书，再结合我的念念不忘，应该大多数人自然就对我的"古怪"行为表示理解了。当然也有不太理解的，会问，你到底觉得王小波好在哪儿？通常我不太会回答这样的问题，原因很简单，我没想把王小波硬塞给谁，我也从来都不想把任何东西硬塞给谁。但有时候心情好，想起分享毕竟是件快乐的事情，于是会说，如果没有及时遇见王小波，现在我可能就不是"校长"了，很可能是个流氓，而且是《教父》里面的那种流氓的可能性很大。那种流氓通常都出生入死的，所以，如果没有及时遇见王小波，我已经"死球"的可能性很大。

说了半天，即便王小波真是救了我一命，即便我把我现在过得还不错、活得还像个人的样子都归功于王小波（我十分愿意而且深感荣幸），也只能勉强说明，王小波对我个人意义重大。可是，我人微言轻，王小波是谁，仅凭着百度百科的快速浏览和我的信誓旦旦，我觉得还远远不够，我还得搬出几个你们都认识的人来，看看他们怎么说。

首先是冯唐。他在文章里说，他第一次读到王小波是便秘在厕所的时候，发现的快乐使他差点像阿基米德在澡堂子里发现了浮力定律光着屁股跑上街一样，差一点也提了裤子狂奔到街上。冯唐发现了什么？原来小说可以这样写！他称王小波是现代汉语文学一个"好得不得了的开始"，而所谓"开始"是什么意思？开始之前是一片荒芜啊！

再是，高晓松。"说起王小波，我有千言万语，但是真到了要讲他的时候，又不知从何说起。以我有限的阅读量，王小波在我读过的白话文作家中绝对排第一，并且甩开第二名非常远，他在我心里是神一样的存在。"这是高晓松在他的《鱼羊野史》里说的一段话。紧接着，"我个人热爱写作，热爱做音乐，也热爱拍电影。每当看到伟大的作品，我经常扪心自问自己能不能做到那样。大部分音乐如果努力，我是能做到的。有些电影我做不到，但我能感觉到差距有多大，就是我可能做到一部分，但是不可能拍出一部那么完整的好电影。但是读王小波的时候，我完全没办法拿自己去做衡量和比较。很多人说他是中国的卡夫卡。我看不懂卡夫卡原版，但从翻译作品中还是能感觉到卡夫卡头脑中具有很多突破性的臆想。王小波是可以和卡夫卡媲美的"。

还有谁？刘瑜。"他代表的精神，中国很缺乏。他那种举重若轻的叙事方式影响了整整一代人。"

当然，还有王小波的夫人李银河。"我常常觉得，王小波就像《皇帝的新衣》里面那个天真烂漫嘴无遮拦的孩子，他就在那个无比庄重却又无比滑稽的场合喊了那么一嗓子，使所有的人都吃了一惊，继而露出会心的微笑。后来，这批人把这个孩子当成宠儿，并且把他的名字当成了他们互相认出对方的接头暗号。"

最后，我还想给大家看看王小波自己怎么说。1996年，意大利独立纪录片制作人安德烈来中国的时候，曾采访过王小波，问他："选择当作家这个事情，可能的因素是什么？"王小波回答说："维持生活。"这就是我看到的并视为终身偶像的王小波。就是这样一个再朴实不过的正常人，自始至终倡导的东西也并不太难，只是"成为一个理性、有趣味、有自知之明的人"。

都二十多年了，我还对他念念不忘，只能说明我觉得这些东西仍然需要被倡导。都二十多年了，他心目中这样的正常人并没有一批批地大量涌现，甚至比例有下降的可能，让我有点着急。当然，我依然欣赏小波说的："智慧本身就是好的。有一天我们都会死去，追求智慧的道路还会有人在走着。死掉以后的事我看不到，但在我活着的时候，想到这件事，心里就很高兴。"至少，此刻我认为一直走在这条路上，有时候会有点沮丧，但更多的时候，我知道，我肯定不是一个人。

为什么是王小波？

从小到大，我的偶像不少。高中时候喜欢海明威、张承志，上课的时候偷偷看张承志的《北方的河》，竟然忘我、投入地朗读出声来了。大学的时候，我崇拜崔健、罗大佑、约翰·列侬、鲍勃·迪伦，那时候他们在我眼里不仅仅是歌者，更是诗人。不知道这算不算是一种幸运，我从高中开始就有点文学青年的意思，开始有了看杂书的习惯。

第一次读王小波的书，我都快三十岁了，而且是在碰到了挫折的时候，挫败感弥漫。一个人躲在家里看王小波的书，竟然看得笑出了声，合上书回味一会儿，接着看又笑出了声，如此反复。幸亏那会儿我独自在家，否则旁边有人的话，定会以为我病得不轻。我自己知道，出现这种情况太罕见！从阅读中能够获得快乐，还暂时忘记了眼前的烦恼，这种不求人的方式，性价比之高，成本之低，在我过往的人生经历里，实属罕见。于是，我像一个病人无意觅得良方一样急不可耐地直奔书店找回了他所有的书，如饥似渴地窝在家里阅读。

感谢不小心养成的看书的习惯，让我遇见了王小波。和以往那些被我供起来的偶像不一样，王小波就像一个看穿我心思的邻家大哥，一边讲着我爱听的有趣故事，一边循循善诱，不留痕迹地把我带入沉思。人活着就会想事情，但因王小波而引发的沉思怎么有点不一样？不一样在哪儿？当时其实也捋不清楚，反正就是不一样。

之前看书通常是这样的，比如看到好的小说，就喜欢幻想将来成为小说家，看着看着就不由自主地滑向了"是否能够从中学习到什么写作技巧"，这样功利的结果是，欣赏的成分降低了，阅读的乐趣也打了折扣。读小波的书则完全不同，我感觉一直在和王小波对话，脑子转得飞快，但丝毫不关乎"学习"，学习成为他这样的作家的想法哪怕是一闪念也没有。这和他的水平高低，是否遥不可及无关，完全是因为他所引发的沉思竟然关乎我以前不怎么思考，即便思考也不得其法，往往一掠而过的一些人生命题。诸如，人为什么活着，人怎么活着才有意思，人还有没有什么可能性……

一个人要么一直混沌，要么彻底透彻，介乎两者之间，时而明白、时而糊涂的状态是尴尬甚至痛苦的。由王小波的书引起的沉思和以往的"知道主义式的伪思考"不一样，它引发的是终极思考。说得通俗一点就是，他递给了我一条线索，让我找到了一个原点，从这里出发，我一路寻找，终于搞清楚了我是谁，我来到这个世上可以做点什么，最终到底想要什么！

这一始料未及的结果来得突然，也正是这种突如其来的震撼，让我愿意终其一生把所有的赞美、所有的功劳全部给他。而王小波的伟大更在于，他之于我的启发也好，感悟也好，他竟然是以"写作只是维持生活"轻描淡写地带过，一点高傲的姿态都没有摆出来。这对一个从小在只有教育与被教育的二元社会里长大的我来说，用"狂喜"来形容都不够，其威力之余波一直延续至今，余波未了！

于是，王小波的英年早逝对我来说尤其不能接受，他离世的时候才四十五岁，我甚至因此时常认为我自己超过四十五岁的岁月都是赚的。当然，小波要是知道我有这种想法肯定不会同意，我也会马上收回这想法，笑一笑说，这只是我有时候感性的一面。小波是反对个人崇拜的，他有一篇文章叫《明星与癫狂》，把明星崇拜说成是一种癫狂症。我看完后就想，就让我癫狂吧，癫狂没了控制才算是有病。我的这点癫狂不仅可控，而且还能够理性地转化成了一种可持续的力量，这股力量一直在推动我把自己活成我们已经达成共识的那种人。

那就是王小波描述的："我呀，坚信每一个人看到的世界都不该是眼前的世界。眼前的世界无非是些吃喝拉撒睡，难道这就够了吗？"还有，"我看见有人在制造一些污辱人们智慧的粗糙的东西就愤怒，看见人们在鼓吹动物性的狂欢就要发狂"；还有，"我对自己的要求很低，我活在世上，无非想要明白些道理，遇见些有趣的事。倘能如我愿，我的一生就算成功"；还有，"智慧本身就是好的。有一天我们都会死去，追求智慧的道路还会有人在走着。死掉以后的事我看不到。但在我活着的时候，想到这件事，心里就很高兴"；还有，"世界上有些事就是为了让你干了以后后悔而设，所以你不管干了什么事，都不要后悔"；还有，"这辈子我干什么都可以，就是不能做一个一无所能，就能明辨是非的人"；还有"人活在世界上有两大义务，一是好好做人，二是不能惯别人的臭毛病"；还有，"对一位知识分子来说，成为思维的精英，比成为道德精英更为重要"；还有，"一个人倘若需要从思想中得到快乐，那么他的第一个欲望就是学习"；还有，"一个人只有今生今世是不够的，他还应当有诗意的世界"；还有，"当一切都开始了以后，这世界上再没有什么可怕的事了"。

最后这句话尤为重要，在王小波离世十周年的时候，我终于"开始了"我的咖啡生活，开始过我真正要的生活。至今已经十多年了，十多年间当然遇到了不少事，但的确没有什么可怕的事情。因为我从小波那里知道了，从真正的生活中也验证了，可怕的事情从来就不存在，可怕的只有干涸和绝望的内心。

好了，为什么是王小波？因为我看了那么多书，经历了那么多事，只有他帮我治了本，他帮我重建了一个新的"系统"，这个"系统"运行了这么多年，偶尔也会运转缓慢甚至"死机"，但只要"重启"一下，它就能够自我修复，让我有了自愈的能力。

最后，想多说一句，秉承王小波的精神，我不认为我的标准和喜好可以推己及人，那样太霸道，小波也不会喜欢。我只想祝大家都能够尽早遇见自己生命中的王小波。

参差和小波

　　写下这个标题才意识到，2012年出版的《就想开间小小咖啡馆》里有过一篇同名文章，想过那么一刹那要不要取消这个标题，不过马上就放弃了。时隔近五年再写一遍"参差与小波"，我还是乐意的。此刻是在台北的"余波未了"咖啡馆里写，手边就有《就想开间小小咖啡馆》，根本不想拿起来看之前的同名文章写了些什么，关于这个话题，我想说的话太多了。

　　"我赞成罗素先生的一句话：须知参差多态，乃是幸福的本源。大多数的参差多态都是敏于思索的人创造出来的。"这是小波在《沉默的大多数》里面的一句话。参差咖啡的品牌源自罗素先生的话，但罗素先生的书我之前没有看过，于是我强行把功劳记在了小波身上，理由我还是有的，因为罗素先生只是陈述了一个我认同的事实，是小波提醒我要敏于思索才能创造出更多的参差多态。而这一标准几乎是我过去十年的咖啡馆生涯的过程指南。

之所以说是过程指南，因为十年前始关于小波的思考让我对结果这东西有了近乎超然的态度。就像我 2014 年通过微博给十几万粉丝群发新年祝福里说的"祝大家新的一年，有事做，有人爱，有所期待"一样，说的都是过程，无关结果。美好的未来潜伏在美好的过程当中，这句话听起来有点玄乎，但我坚信不疑。说得俗一点，参差是我的品牌，有品牌就是在做生意，和做慈善不同，做生意自然要图利，说不在乎结果的原因是因为我坚信，参差多态就是我理解的社会需求。只要能够创造出源源不断的参差多态，利自然会来，不必在过程中孜孜以求。孜孜以求的应该是如何创造参差多态。

小波说，胡思乱想并不有趣，有趣的是有道理而新奇。我以此为标准要求自己。过去十年，我自得其乐地按我自己的理解让参差咖啡馆发生了很多事情。首先是每一间参差咖啡馆都不一样，要参差多态而不要千店一面。于是就有了参差花房咖啡、参差货柜咖啡、参差咖啡书屋、参差木屋咖啡、参差书虫咖啡、参差咖啡院子、参差咖啡招待所、参差咖小啡、参差小院、参差咖啡梦想学校、参差民宿学院、参差梦想小镇以及参差有做联盟——参差咖啡花园客栈。将来还会有什么，我现在不知道，但估计肯定还会有些什么，因为我尝到了敏于思索的乐趣，甚至也可以说是甜头。

这十年来，咖啡馆在中国的增速惊人，参差算是为数不多的有全国知名度的本土咖啡品牌之一，这不是我预期的结果，我只是觉得在以参差为名的咖啡馆里，必须发生足够多的、不一样的、有趣的事情。如果不是过程有趣，何以能够乐此不疲地一做就是十年。要知道，我在开咖啡馆之前的职业生涯里，最长的一份工作都没有超过三年。而这十年，说得夸张一点，真有点一眨眼的感觉。而且，过去十年里，我再也没有问过自己，不做这个还会做什么，还可以做什么。

前不久，我会把"参差咖啡"的微博名称改成"参差文化"。不是简单地想把咖啡上升到文化，只是因为当初注册公司的时候工商局说，叫"咖啡公司"就不能卖书，而我又想卖咖啡，又想卖书，他们就教我可以叫"参差文化"，所以参差文化就成了公司名称。而微博变成"参差文化"，骨子里是觉得以

"参差"之名还可以多些其他好玩的事情。我还想把参差咖啡梦想学校改成参差梦想学校，去掉"咖啡"二字，不是不做咖啡了，而是想把参差渗透到更多好玩的领域，教更多想要过上独立、自由、简单生活的青年人开出各种各样参差多态的独立小店。比如，我们已经在杭州有了参差民宿学院，就是想帮助更多厌倦了都市生活的人们，到农村去，到乡野去，开一间属于自己的小民宿，去实践和呈现参差多态的生活方式。

是巧合，也是命中注定，在小波离世二十周年、参差十周年的时候，参差再次出发，不设定远大目标，只求不断地创造更多的参差多态，将参差进行到底。2017年4月11日至5月13日，我和我的同事们在大理的参差梦想小镇办"王小波月"，4月11是小波的祭日，5月13是小波的生日。

2007年5月13日，我特意选择小波的生日作为第一间参差咖啡开业的日子，心里想的就是奢望小波精神在这间咖啡馆里不死、重生，我自认为想要这个社会越来越可爱，需要很多间咖啡馆，需要很多间独立小店，需要很多人一起去创造源源不竭的参差多态。

小波说过，"不管社会怎样，个人要为自己的行为负责"。把这句话拿出来结尾，是想说，我现在做的，将来准备继续做的，都属于对自己负责的范畴。送上小波的一句话共勉："我希望自己也是一颗星星，如果我会发光，就不必害怕黑暗。如果我自己是那么美好，那么一切恐惧就可以烟消云散。"多么美好的想法，它足够支撑我用余生只做自己觉得有趣、有意义的事情。

一只特立独行的猪

最近五年，我做了很多件黑色 T 恤，背后都印了一组白色的字："一只特立独行的猪"，应该已经超过两千件了。我自己穿，也发给同事穿，还作为校服发给了参差咖啡梦想学校的每一个学员。令我有点惊讶的是，大家不但没有对这件看起来有点奇怪的 T 恤有丝毫反感，反而都表示很好玩，喜欢。

我敢肯定，他们并没有都看过小波的《一只特立独行的猪》。这篇文章讲的是小波当知识青年下乡劳动期间遇到的一只与众不同的猪。说它特立独行是指它从来不愿接受人的管制，拒绝被人阉割，也不愿意成为种猪被逼着天天交配。小波和其他一起的知识青年都很喜欢这只有性格的猪，尤其是小波，不仅喜欢，还心存敬意。因为他说他见过了太多一心想设置别人和甘于被人设置的人，心生反感。

现在的很多年轻人可能已经不知道知识青年上山下乡是怎么回事了。其实就是小波反感的成千上万的年轻人被人设置，被人安排远离城市到农村去"接受贫下中农再教育"。从经济学角度来讲，当时的政策就是把大量无所事事的城市失业青壮年安排到农村去，缓解城市的就业和治安压力，毕竟在农村种什么吃什么。小波就是这千千万万年轻人中的一个。当时十几岁的他肯定不明白这是为什么，但显然是不乐意这样被安排到远离家乡几千公里外云南的一个国有农场，好好的上学年龄不让上学天天得去干体力活。

多年以后，有人说小波文章里的这只猪可能根本就是小波杜撰出来的。他的意思是，猪在没有人来驯养他们之前，猪难道不知道怎么生活，怎么繁衍？怎么人一来，就对猪们做出它们不愿意的强行安排，搞得猪们生不如死。对动物如此也就罢了，有些人还特别喜欢去安排别人，小波离世都快二十年了，你们看看周遭，这样喜欢安排别人的人是不是还有很多？

从参差咖啡梦想学校五年来生源不断的情形来看，我感觉，当然也是希望和乐见的情况似乎有了一点好转。毕竟五年来，近两千人来学习开咖啡馆，想做这么明显很小众的生意。他们显然不会是被安排来的，年纪大些的学员肯定是自己的选择，即便年轻一些二十出头的学员，至少也是自己有了选择后得到了长辈的同意。从这个结果来看，社会进步还是明显的。就像刚才说的，即便有人不太清楚"一只特立独行的猪"的典故，也没有对 T 恤上画着一只猪而提出什么异议，因为大家至少认为"特立独行"不是个贬义词。

还有一个喜人的发现就是，现在的年轻人开始学会自嘲了，他们都敢于称自己是"穷屌丝""脑残粉"了，所以，加了"特立独行"这一褒义定义的"猪"在他们眼里根本就不是事儿。何况如果在网上搜来小波这篇文章看了之后，大家也会同意小波的看法，这只猪还挺有范儿的。在我看来这是这一代人更自信的一种表现，要知道上一代人乃至再上一代人绝不会答应背后背着一只猪四处招摇，他们一定觉得这只猪是对自己的侮辱，他们发怒的起因常常都是"你这话什么意思，你是不是针对我的，你是不是看不起我"。他们普遍不自信，而且有被迫害妄想症。当然这也怪不得他们，是某个历史时期的产物，这里就不展开说了，反正我能够用自己的心理活动做个旁证，这种病是存在的。好在遇见小波之后，通过满世界旅行和看杂书的习惯，我已经基本痊愈了。

顺便说明一下，从这篇文章开始，之后大部分文章的标题都是王小波写过的。把这些标题借过来就是想偷懒，我发誓，绝没有一试高下的想法。在这里诅咒发誓，我甚至都觉得多余。我自知没有什么写作天赋，所以从来都说自己是在写字，没有在任何场合用过一次"写作"二字，常看我微博的人可以为我作证。

这样一次大胆的尝试，有赶鸭子上架的成分。太想写这本书了，但是不知道怎么展开。突然想到，小波如果还活着，现在也不过近 70 岁，想必他一定对原来观察过的现象、思考过的问题有些新的观感。遗憾的是，他毕竟不在了。于是我突发奇想，何不斗胆就这些现象和问题做一些延续性观察和思考。二十年过去了，那些现象还在不在，是有所改进还是更糟了，原来的思考还有没有现实意义，这的确是萦绕在我脑海中很久的一些问题。答案，其实到现在我心里都是模糊的、不确定的、左右摇摆的。从小波离世十周年开始憋到现在，有话想说是肯定的，反正，当一切都"开始了"以后，这世界上再没有什么可怕的事。我现在只是有点怕死。刚才这句话也是小波说的，我喜欢。不管了，明天继续写。

思 维 的 乐 趣

我不喜欢有人让我推荐书。首先我不认为我有这个资格，其次我认为这个世界上没有一本书能够解决你的所有问题，即便是我喜欢的王小波也做不到。只有看书的习惯有可能帮你解决一些问题。

既然是习惯，那么从哪一本书开始其实没什么要紧，只要养成了看书的习惯，自然会不断遇见好书，干吗非要别人推荐呢？记得有一次我在微博里写过这样一句话：假如我们认为常常给自己买书是对自己的一种奖赏，那么，难道有时候不小心买到一本烂书，从此以后就不再奖赏自己了吗？

当然，有时候，主要是在微博上，如果实在拗不过询问者，正好我那天心情好，我会勉为其难，扭扭捏捏地推荐王小波的

《思维的乐趣》。小波的杂文集有好多本，我印象深刻的好文章众多，为什么每次都会推荐这一本呢？当然是我非常喜欢和同意这篇文章的观点，看过很多遍，每次结合现实都有新的感悟。更重要的原因是，我潜意识里希望读者读完《思维的乐趣》这篇文章后，开始尝到思维的乐趣，以后就不会再去找别人推荐书了。

　　《思维的乐趣》这篇文章的主旨就是，某些单调机械的行为，比如吃、排泄、性交，也能带来快感，但因为过于简单，不能和思维的快乐相比。思维的快乐是人类独有的，有很长一段时间，这种快乐，包括思维的权利曾经被剥夺得非常彻底，以致很多人已经感受不到思维的乐趣了，需要小波大声地提醒。他说："在生活的其他方面，某种程度的单调、机械是必须忍受的，但是思想决不能包括在内。"小波生长在一个有军代表的年代。军代表是干什么的，现在的"80后""90后"估计绝大多数不知道。稍微解释一下，军代表是一群穿军装的道德老师，他们通常是由组织上从军队挑选的思想"先进"者，他们被派到年轻人身边工作，和年轻人一起生活，二十四小时确保年轻人思想保持崇高，去掉格调低下的思想。那时候，有年轻人的地方就有军代表，一两个人管几十个人。

现在的年轻人可不要觉得荒诞、好笑，这件事离我们其实并不遥远，你可以回家问你的爸爸妈妈，他们就认识军代表，被军代表管过，甚至你爷爷就当过军代表。而且，你可能都没有意识到，他们中的很多人，现在依然充当着没有穿军装的军代表。不信？你想一下，他们有没有这样告诉过你，小朋友不能输在起跑线上，如果你已经输在起跑线上了，你的孩子可不能再输了，一定要这样那样，将来才能在社会上立足；你想这样，想那样，不听他们的，将来肯定是不行的，是没有出路的。而且每当他们这样说的时候，都是如此坚定，不容置疑。

"有必要对人类思维的器官（头脑）进行'灌输'的想法，正方兴未艾。我认为脑子是感知至高幸福的器官，有功利的想法施加在它上面，是可疑之举。有一些人说它是进行竞争的工具，所以人就该在出世之前学会说话，在三岁之前背诵唐诗。假如这样来使用它，那么它还能获得什么幸福，实在堪虞。"这是小波在《思维的乐趣》里的一段话，对照现实，情况有所好转是肯定的，比方在我们大理的参差梦想小镇里，就有这么一个小学，学生都是常住大理的外乡人的孩子。这些外乡人多数是客栈老板，厌倦了城市生活来大理做点小生意"荒度余生"。

他们达成共识，不愿意把孩子送到正规的学校接受以考上大学为目标的"系统"教育。我观察发现，这些小朋友们上课基本是"胡闹"，校园里还有块菜地给孩子们种菜，上课常在户外，基本以玩为主。更有趣的是，竟然有一对天津的父母，本身不在大理常住，知道有这么个学校，竟然把孩子送到这来上学，说是觉得这样对孩子好！

这种壮举，我认为是给孩子留下了更多可能性的空间，是容忍和保留思维乐趣的进步行为。当然这也只是我认为的明智之举，我无意推荐给他人。毕竟，很多人喜欢强调中国国情特殊，竞争激烈，迫不得已。大到国家领导，小到孩子家长，很多时候他们也觉得是无奈之举，不给孩子们灌输"正确"的思想，"乱套"是一定的。可是，到底什么才是正确的思想，王小波对这一点是存疑的，我也是。小波在《思维的乐趣》里写道，"古人曾说：'天不生仲尼，万古长如夜'；但我有相反的想法。假设历史上曾有一位大智者，一下发现了一切新奇、一切有趣，发现了终极真理，根绝了一切发现的可能性，我就情愿到该智者以前的年代去生活。这是因为，假如这种终极真理已经被发现，人类所能做的事就只剩下依据这种真理来做价值判断。从汉代到近代，中国人就是这么生活的。我对这样的生活一点都不喜欢"。

　　我活在小波去世二十多年后的今天，我承认情况是有所好转的，至少，我现在很少听到身边的年轻人动不动就说"古人云"。我也讨厌什么"古人云"，因为要是古人都云完了，岂不是我们的脑子就多余了。还是少想起什么"古人云"的好，凡事容我自己先想一想。我喜欢"野蛮生长"这个词，我总相信，上帝给了每个人脑子就是用来想问题的，我就不相信总是和多数人想的一样就一定是对的，和多数人站在一边通常不一定就是追求到了真理，可能仅仅只是自以为这样比较安全。

　　最近两年，网络上频繁出现一边倒的价值判断，有种容不得自我判断的架势。看到这样的现象，我很忧心，因为价值判断对很多人来说轻而易举这件事，我深表怀疑。稍微讨论一下再作决定也不急嘛，容不得讨论的事情本身就是可疑的。只有大家通过独立思考之后达成的共识才是坚固的，非要把高度一致的想法强行灌输到每个人脑子里，人类已经试过很多次了，不论他们想灌输的东西是好是坏，反正没有一次是成功的。所以，总是愿意相信科学、数据的我对网络最近常出现的一边倒现象本身深表怀疑。一边倒的现象的确让我沮丧，但我依然对未来保留信心，原因嘛，我试着在下一篇文章《沉默的大多数》里试着分析一下。

沉默的大多数

　　我到底属于沉默的大多数还是不沉默的少数，活到这个年纪了，我竟然犹豫再三，不知如何界定。按常理来说，别人眼中我当然属于不沉默的少数。过去几年出过三本书，微博发了两万六千多条，平均每天十条微博，这不仅不沉默，都有些话痨了！可是我怎么还是觉得我属于沉默的大多数呢？这种自我认知和表象之间的反差是怎么来的呢？

　　要说清楚这件事情，我们首先要确定概念，什么是沉默的大多数。王小波在他的《沉默的大多数》里是这样界定的："所谓弱势群体，就是有些话没有说出来的人。就是因为这些话没有说出来，所以很多人以为他们不存在或者很遥远……然后我又猛省到自己也属于古往今来最大的一个弱势群体，就是沉默的大多数。这些人保持沉默的原因多种多样，有些人没能力，或者没有机会说话；还有人有些隐情不便说话；还有一些人，因为种种原因，对于话语的世界有某种厌恶之情。我就属于这最后一种。"

如前所述，这几年我话没有少说，表面看我应该属于不沉默的少数，但内心里，我仍然把自己归为弱势群体，实在是因为我也有很多话想说没有说出来，所以以畅所欲言为标准的话，我仍然属于沉默的大多数。

现在是互联网时代，自媒体已经发达到泛滥的程度了，以数亿的微博用户，数千万的公众号来看是大多数不再沉默，但实际情况呢？从 2012 年开始，以微博为例，活跃度大大降低，是喜新厌旧都到微信公众号去发言了吗？显然不完全是，微信上的 10W+ 长文都是些什么文章？稍微统计总结分析一下就会发现，其议题的局限性显而易见，比如如何养生长寿、谁谁谁开了间美好的小店、谁的创业项目一年竟然估值上亿了，反反复复，如此而已。

再拿我自己的微博来说，从 2013 年开始，除了咖啡、旅行一类的话题，我自动在很多社会议题上禁言了。何况我找到了自圆其说的理由，那就是在行动面前，语言是苍白的，我不说只做。不管社会怎样，人对自己的行为负责就好了。安心经营好小咖啡馆，让更多人看到凭着技术就能过上独立自主的小日子的可能性，也是意义非凡的。这真是很好的自我安慰。

至此，我的观感是，社会依然是小的，在议题的发起上是局限的、弱势的、被动的，大多数人在很多话题上依然是沉默的。比如，前文说的动辄数万条同仇敌忾的评论，这样一边倒的网络舆论真的是大多数吗？真的是社会共识吗？我是存疑的，至少我每次明明持有不同意见，但我从来没有在网上站出来提出反对意见，因为我不想被群起而攻之，虽然我自始至终怀疑那一群真的是大多数，但在每个议题平台上他们总能聚而成群，看起来人多势众且攻击性极强。

而像我这样没有发言的人到底有多少，我无法考证，但以王小波的逻辑来分析，沉默的反而是大多数的可能性很大，因为外部环境和二十年前并没有根本的改变，在一些无关痛痒的领域，可以肆意狂欢，而在某些领域，人们都早已有了默契，还得继续沉默。

写到这儿，本文的基调看起来有些阴郁，有点扭扭捏捏，有点欲说还休。那就算了吧，在词穷的时候，行动是最好的解决之道。不论在网络上还是人与人之间的话语中，论是非看起来总是容易的，生活中做出正确的选择，让自己找到自己认为合理的事情一直做下去其实是难上加难的。好在我已经找到了自己觉得合理的事情在做，言语上沉默的负罪感就相对降低了。试想那些沉默的大多数，如果都仅仅是不屑于发声，都在默默地为了自己更好的生活而努力着，其实土壤已经在悄无声息地改变，生态的改变还会远吗？虽然我还是拿不出什么强有力的证据，但希望真实的情况是这样的。

我 的 精 神 家 园

　　大学一年级的时候利用暑假去神农架探险，历时三周，有惊无险地活着回来了。同年寒假，大学期间唯一一次没有跑出去旅行的假期，留在家里用了二十多天，抓耳牢骚地写了一篇文章《神农架，我的精神家园》和一个剧本《年青的故事》。剧本是以事实为基础，把缘起，准备，到完成神农架探险的整个过程稍加"演义"地给呈现了出来。之所以自不量力要编这个剧本，主要是神农架之行即便是当年刚满二十岁的我也能意识到这趟旅行对我个人的影响深远，很想留个纪念。这些我在上一本书《梦想是这样成真的》里有过介绍。

　　当然，当时初生牛犊不怕虎的我甚至还做过把剧本变成电视剧甚至电影的努力。也是因为这努力，剧本的手稿到了一位湖北电视台的资深导演手里之后，就再也没有回到我手里了。手稿啊，一个字一个字写出来的啊！记得1990年的时候，我已经在广东打工了，收到过电视台辗转来的口信，说是那位导演很喜欢我的故事，有意拍成电视剧，希望我回去修改剧本。改什么呢？说是希望加个女主角在故事里面。我的第一反应是没法加，加了就不是我想表达的东西了。要知道当初决定去神农架，就是觉得年纪轻轻的，一定有比谈恋爱打麻将更好玩的事情才要去冒险的呀！于是我断然拒绝了，继续在鞋厂里打工。当初写，就是因为憋不住想写，结果是不是真的能拍成电视剧或者电影。

快三十年过去了，《神农架，我的精神家园》里写了什么，我还依稀记得。写这篇文章的时候，我还不知道王小波的存在，以当时有限的阅读和信息量，我对人的认知基本停留在审视、怀疑和反思，他们推崇的，我统统想抵制但理据又很杂乱不够充分，而我自己的精神家园皈依何处自然就十分迷茫，这很符合八十年代的氛围。直到从神农架回来，我认定我的精神家园就是大自然了。这也是我大学期间之后的假期从不待在家里，每年都出两趟远门，不去传统旅游景点，偏去人少的地方的原因。

写《神农架，我的精神家园》的时候，无意中看了被誉为"美国文明之父"的爱默生的一篇文章《论自然》，深得我心。爱默生写道："田野和树林带给我们心灵的巨大欢悦，证明着人类和植物的隐秘关联。我并非独在而不受关注，植物向我颔首，我向它们点头。风雨中树枝摇动对我是既新鲜又熟稔。它令我惊异又让我安然。它们对于我的影响，就如同我确信自我思维妥帖所为正当时，全身涌起的超越而高尚的感情。然而，可以肯定地说，这欢悦的力量不仅源于自然本身，它存在于人，或者说，存在于自然和人的和谐中。"这就是我在穿越神农架原始森林时候的感受啊！

爱默生认为，自然与人的关系是对应的，自然是美丽而善意的，人的天性也必如此。这就是他用震撼人心的语言如此鼓吹绝对自由思维的出发点——绝对信赖个体人，就如同绝对地依赖、信赖我们的自然一样。注意，在这个信念里没有谁轻谁重的问题，也没有逻辑的先后。这是在逻辑之前的信念。对照中国教育最基本的设想：人的头脑是需要加以灌输的，自由思维是不可信赖的。其实这是从根本上对人的自我否定，无论出于何种目的，源于什么文化传统，与爱默生倡导并成为之后美国教育体系的，从小学开始直到人的一生所实践的理念，又何止是南辕北辙。社会的目标应该是培养人，而不是孜孜不倦地造就工具。只有当社会成为个体信念的实践体，让每一个人都能用全部的力量去行动，自由地发挥天赋，成为一个主动的社会人，不惧怕任何变化，不断创造和改进周围环境的时候，社会进步才有了原动力。这世界的未来属于创造，无论是产业、社会环境，更别说艺术了，甚至人本身，莫不如是。

写到这儿看起来有点跑题了，其实不然。就是因为写《神农架，我的精神家园》，我突然意识到，完成神农架之行本身何尝不是一次个体实践呢？与此同时，我也开始了思考人的可能性。这与几年后我遇见王小波并欣然接受，有着某种内在的因缘，大自然绝不仅仅是我们眼前的一道道风景，她孕育了人类一切优秀的品质。王小波之后，我眼前恍然出现了一幅壮美的人文图谱，人类群星如此闪耀以至我倍感自豪，他们一直在那儿而且还会不断涌现，一想到这个，我充满了自信。于是，我的精神家园升华成了自然与人的合体，准确地说是自然与人的可能性的合体。从此，我不再怀疑，一定会有层出不穷的人宛若星辰一般散射出光辉，普照暂时的历史黑夜，一定！

诚实与浮嚣

人忠于已知事实叫作诚实；不忠于事实就叫作虚伪。还有些人只忠于经过选择的事实，这既不叫诚实，也不叫虚伪，我把它叫作浮嚣。这是个含蓄的说法，乍看起来不够贴切，实际上还是合乎道理的：人选择事实，总是出于浮嚣的心境。——王小波

小波在这篇文章里想谈的是诚实，做学问的诚实。他的结论是，中国人做学问，诚实者凤毛麟角，浮嚣的做派是主流。至于浮嚣的起因——小波认为可以追溯到科举、八股文，人若把学问当作进身之本来做，心就要往上浮。

做学问的事情离我太远，我谈不了，我只能谈一谈我熟悉

的领域，小日子。王小波说，我们这里有种传统，对十足的诚实甚为不利。小波说的确是事实，不仅是做学问，生活中，中国人最引以为豪的做人原则就是活泛。十足的诚实可能会被认为缺乏灵活性，通常大家都认为这样的人不仅活得累，有时候甚至还被认为面目可憎，破坏气氛。

人是环境动物，在某种环境下生活久了，自然会趋利避害。既然传统对十足的诚实不利，在诚实上打点折扣，利人利己，何乐不为呢？可是，果真如此吗？我的经历告诉我，不一定，当然，首先我从有自己的思维开始就已经放弃了"上进"，这里的"上进"指的是我们传统里不约而同的目标——做人上人。高人一等才有好日子过，越底层一定就越凄风苦雨，一地鸡毛，这是多少年来难得的共识，似乎有点不言自明的意思。套用小波的话来分析，人若要把做人上人作为目标，心就要往上浮，浮嚣于是就难免了。

我的幸运在于，我很早就对"故天将降大任于斯人也，必先苦其心志，劳其筋骨，饿其体肤，空乏其身……"这一套说辞免疫了。我发自内心地觉得这样"苦劳饿空"下来的结果不一定就真的能堪当大任，变态了的可能性倒是很大。

人有了独立空间才有可能有独立思考和独立人格。自从我高中离开父母在外住读开始，我就自动一个月才回家一趟，父母不再好意思老是在我耳边羡慕"别人家的孩子"了，而我不仅偷偷地、逆反地对自己的要求一而再再而三地降低，并且还能够怎么想就怎么干。我大学时的偶像海明威说过，真正的高贵，不是优于别人而是优于过去的自己。我非常同意，但也懒得拿它去和环境争论，这也是为什么多年以后，当我看到小波说"我对自己的要求很低，我活在世上，无非想要明白些道理，遇见些有趣的事。倘能如我愿，我的一生就算成功"的时候欣喜若狂的原因——我的信条得以确认。

　　诚实也是一种习惯，得从对自己诚实开始。这种诚实的意义在于，我们能够坦然面对自己的有限，面对自己的弱点。反正对自己的要求也不高，弱点示人能够带来多大的不利根本不在考虑之中。反之，一天到晚想要证明自己堪当大任，难免就想掩盖点什么，心往上浮，久而久之，自欺欺人也会变成一种习惯。我在微博上说过，诚实其实是善待自己的一种方式，这样过日子简单，不必人前人后不停转换，疲于应付。比如，现在江湖上有人胡乱叫我"咖啡教父"，一到公众场合，总有人会问到我一些譬如咖啡机器型号之类的专业细分问题，我当然不承认什么"咖啡教父"的称号，自然也不需要硬端着，摆出一副关于咖啡我无所不知的架势，直截了当告诉人家，我不知道，多么轻松愉快！我可不想活在别人的期待里，硬把自己活成一个虚张声势的空壳。

浮嚣的坏处，其实很多人都领教过了，但诚实的好处，有待挖掘。诚实能让自己过得踏实、轻松、自然，是我的个人体会，但如果我还想它能够推己及人似乎说服力还不够，我试着拿我开小店的心得来展开一下吧。大家都知道"无商不奸"，意思是做生意者必定狡猾奸诈，其实这是个天大的误会，古语里只有"无尖不商"这个词，意思是古代的米商卖米，除了要将斗装满之外，还要再多舀上一些，让斗里的米冒尖儿，此乃"无尖不商"，意思是做生意不仅要诚实，还要主动多给人一些好处。怎么发展到今天竟然演变成了"无商不奸"或者"无商不奸"呢？

"无尖不商"的本意是怎么发生了天翻地覆的反转，不在本文探讨的范围，我只想以我的开小店经历告诉大家，要不了多久"无尖不商"的本意会反转回来的。这不是什么高深的预测，它就是一个自然规律：当物质极大丰富，信息传播如此快捷的今天，物质商品的优劣和消费的体验感才会被更加在意，偷斤少两、以次充好所费的心机会变成负面成本，不诚实所带来的负面体验会被放大。做生意者不仅应该诚实，还要能够想着多提供增值服务。奸诈会轻易被人揭穿，臭名远扬；诚实能够给人带来愉悦，美名远扬。经常有学员问我，之前从来没有做过生意，现在开咖啡馆会不会应付不来，我的回答很肯定，没做过生意更好，所谓的经验和技巧反而可能是负面的。做小生意诚实坦诚就好，越诚实的人才越适合做生意应该成为一个趋势。诚实是善待自己的、善待他人、善待社会的一种生活方式，这是我的体会，也希望你也体会到了。

工 作 · 使 命 · 信 心

"世界上每一种语文，都应该有很多作品供人阅读和评论，而作家的任务就是把它们写出来，并且要写得好。这是一件艰苦的工作，我还不能完全相信这就是我此生的使命，也许此次获奖会帮助我建立这样的信心。"——这是王小波的《黄金时代》获得台湾《联合报》文学大奖的得奖感言里的一段话。《工作·使命·信心》是这篇得奖感言的题目。

这段话证明了我之前代为感谢台湾的猜测，这个奖对王小波的意义非凡，它帮助王小波确认了写作这一使命，成全了小波之后几年的精彩作品，也间接对丰富中文作品起了了不起的作用。耐人寻味的是，一个大陆作家的自信为什么是靠一个台湾文学奖建立起来的。此时，小波在大陆的刊物上已经发表过几篇小说，还出版过一本小说集，用小波的话说，是那些作品还不够好，《黄金时代》自觉尚可，这才真正显露出他的才华吗？我当然更愿意相信，许倬云先生的推荐为小波带来这个台湾奖项是个巧合；我当然狭隘地希望，帮小波建立这份自信的是拥有十三亿人口的大陆该多好啊。

信心这东西很玄妙，信心能够激发创造力，因此，在创造力初显苗头的时候，能够给予肯定是一种美德，获得自信的创造力可以进入一个良性的螺旋上升。反观我的家庭教育和所处的社会氛围，"踩"和打击别人是常态，"还没怎么着呢，尾巴就翘到天上了，那以后还了得！"这句话是咱们这儿很多人对待他人小有成绩时的普遍心理活动。五年参差咖啡梦想学校开下来，自信的学员凤毛麟角，怀疑自己学不学得会的学员倒是大部分。小波说过，"人活在世界上，需要这样的经历：做成了一件事，又做成了一件事，逐渐地对自己要做的事有了把握"。难道这些学员从来都没有学会过什么吗？显然不是，从学会走路，学会系鞋带，到大学毕业，我们学会了那么多东西，怎么会对将要学习的东西依然没有自信呢？看来问题出在大家都太缺少被肯定。

回想自己的成长经历，记忆中在我考上省重点高中华师一附中之前，我几乎从来没有被肯定过，直到考上华师一附中这样一件在我们那个小地方堪称壮举的事情发生，我依然没有得到过父亲当面的夸赞。现在的年轻父母可能很难理解那一代人的矜持。说到考上华师一附中，初中时候的我学习成绩并不是班里出类拔萃的，我的潜能被激发，或者说动力来源竟然是物理老师得知我要报考华师一附中之后一次毫不掩饰地讥讽："就你，还想考华师一附中？"这样剧情反转的故事在我们这一代人里常常听说，多半是多年以后拿出来吹牛皮用的。可是，很显然，这种剧情反转的故事绝不是普遍现象，普遍现象是，大多数人真的被讥讽成功了，果真一事无成。

和二十多年前比，现在的年轻家长已经开始懂得鼓励和肯定的重要了。大家普遍承认一个优秀的孩子是被肯定和鼓励出来的，不是被呵斥和否定出来的。可是这种认知显然还没有普及成为社会氛围。这样的反差当下就显得后果很严重，在家里被一通肯定之后，一离开家庭和父母进入社会，落差马上倾盆而来，失落感之大还不如我当初从小在家里就习惯了不被肯定。我这么说，当然不是不欣然接受年轻家长的进步，只是想呼吁整个社会的鼓励机制要赶紧跟上。我知道，这需要相当的过程，而在这个过程中要如何在缺乏鼓励的社会氛围之中建立自信，并保持这种自信心不被侵蚀呢？

最简单的办法是不去渴望他人的肯定，专注于自己的事情以及和自己的上个月比、和自己的去年比，有进步的时候及时做自我肯定。当然，有人会说，这个所谓简单的方法说起来容易，人在社会中，怎么能不受周遭杂音的干扰。是的，可是先试试看嘛。比如，我现在开始健身，每天做几组俯卧撑，连续几天肌肉酸痛得不行，但胸围显然不会马上增加，如果我急着来个自拍发个微信微博，急着希望看到别人点赞，那不是有点无聊吗？可是，只要我坚持下去，半年以后跑到海边不经意地露一下已经明显不可同日而语的胸大肌，那时候有没有人点赞就已经变得不重要了。

举这个例子可能有点牵强，但是埋头苦干，不管在什么领域，哪怕是自己的身材，努力先干出点名堂，逐渐把自己修炼成为一个自信的人，其实就是在改变我前面说的坏氛围。要知道这样一种坏氛围的形成，究其原因不就是整个社会中，自信的人比例不高吗？你见过一个真正自信满满的人成天对别人指指点点、说三道四吗？自信之人的特质往往首先是生活充实、丰富、饱满，哪有闲工夫去挤对别人呢？于是，从我们每个人自己开始，多行动，少议论，从各种实践中逐渐建立自信，你就能成为我们期待的鼓励型社会美德的源泉。

积 极 的 结 论

我小的时候，有一段很特别的时期。有一天，我父亲对我姥姥说，一亩地里能打三十万斤粮食，而我的外祖母，一位农村来的老实老太太，跳着小脚叫了起来："杀了俺俺也不信！"她还算了一本细账，说一亩地上堆三十万斤粮，大概平地有两尺厚的一层。当时我们家里的人都攻击我姥姥觉悟太低，不明事理。我当时只有六岁，但也得出了自己的结论：我姥姥是错误的。——王小波（《积极的结论》）

三十年后，小波发现，姥姥才是明事理的，当初一家人积极的结论是荒谬的。时过境迁，二十年后再看小波的这篇文章，借小波这个标题想讨论一下"积极的结论"，忽然发现了一些因果关系。那就是现在微博评论里整天充斥着的几乎压倒性的消极的结论，难道是因为几十年前我们受"积极的结论"之害太深，如今正处在矫枉过正的过程中吗？

比如，刚刚看到《联合早报》微博发了一条报道，说北京餐饮业在尝试"打赏"机制化，顾客可以用微信给服务员发"红包"，和美国的"小费机制"一样。我作为曾经的咖啡馆店小二，第一反应是积极的，通过小费对我的服务做出肯定和鼓励，我肯定是欣然接受的。可一看这条微博下面的评论，竟然有七八成是消极的结论。诸如："没有用，最后就会变成你不给小费就不为你服务""啥东西一到中国，准变味儿""预感会变成变相涨价""给顾客添麻烦，增加了就餐成本""可别，最终只会被奸商玩成零工资的服务员"。怎么回事，大家都这么消极呢？

我想起了一件类似的事情，大概是四五年前吧，有一条关于"待用咖啡"的微博被疯转，说的是意大利有一间咖啡馆出售"待用咖啡"，好心的客人到店里来喝咖啡，可以多付一两杯的钱，自己不喝留给后来的弱势群体。之所以这条微博被疯转，当然是大家都觉得这事儿很美好。可是一看评论，也是消极的结论占了主流，他们认为这种好事在中国行不通，中国国情太特殊。可我就纳闷了，所谓国情不就是由我们每一个人的行为构成的吗？中国到底特殊在哪儿呢？如果非要说特殊，不就特殊在大家习惯了只下结论不行动吗？明明大家都觉得是好事，试都不试一下就急着下一个消极的结论，结果是我们大家一起塑造了我们并不乐见的中国国情。

受不了这些消极的结论，我当年就迅速在武汉的参差咖啡馆里推出了"待用牛奶"。考虑到中国的流浪汉不一定敢走进咖啡馆，那就针对环卫工人总可以吧，考虑到环卫工人不一定会习惯喝咖啡，牛奶总可以吧。结果是，"待用牛奶"一经推出，每天都能够卖出一两份，咖啡馆附近的环卫工人们陆续得知这个消息，就会故意来咖啡馆附近小憩，顺便看看今天有没有"待用牛奶"。刚才，我特意又在微博上搜了一下关键词"待用咖啡"，结果欣喜地发现，珠海有了"待用快餐"，成都出现了"预付爱心面"，长沙出现了"待用蔬菜"，都是受当年"待用咖啡"的启发。看来，消极的结论一直还在，积极的行动也在展开。

由此我积极地认为，这世上本来就有两种人，一种人乐观积极，乐于行动；一种人悲观消极还好评论，乐于行动的人无眼指指点点，所以他们没有出现在评论栏里，因为他们已经在行动或者准备行动了。这种猜想是不是太乐观我不知道，反正，过去五年里，我极少在微博评论里做出什么积极的结论，但积极的事情我做了不少，也有不少人在做。也就是说，积极的结论其实是由行动累积而成的，无助而且无所事事的人容易给出消极的结论。有事做，有所期待的人本身就是结论，而且是积极的。

科学的美好

　　五四运动期间，热血青年高举"民主"和"科学"两大旗帜，提出了"德先生"和"赛先生"这两个名词，现在北大校园里还有"德先生"和"赛先生"的雕塑。其中"赛先生"就是"Science"，科学。"德先生"我不熟，应该和"赛先生"有某种亲戚关系，就不在这里讨论了。

　　小波在《科学的美好》里认为，科学对中国人来说，是种外来的东西。人类开创的一切事业中，科学最有成就，因为它有两样根基：自由和平等。科学是人创造的事业，但它比人类本身更为美好。科学具有我们所没有的素质。对个人而言，没有自由和平等这两样东西，不仅谈不上成就，而且会活得像一只猪。

二十年过去了，我认为，"赛先生"至今都没有在中国落户，没有落户的意思是没有领到"身份证"，或者没有拿到"永久居留权"。不对吧，我们每天都在享受各种科学的成果，"赛先生"我们不是天天见吗？那我换个说法吧，按照所谓"科学"的准确定义——"近代自然科学法则和科学精神"来论，我们见到的应该只是他的影子，科学精神还不知道在哪儿游荡呢。

我在咖啡学校给大家上开店指导课的时候，总喜欢用数据说话，口头禅是不要相信我，要相信科学，相信数据，我们要用科学精神去思考和判断。我在这一行比大家久，就一定是权威，不是，只是我采集的数据比较多，我看到的案例比较多，总结下来就比较接近科学的判断，即便如此，我也会说仅供大家参考，实践过程中还需要验证和修正。

比如，有学员问我，为什么非要听你的不能开一间两百平方米的大咖啡馆呢？我会告诉你，不是我不让，是数据不让。数据告诉我们，中国的独立咖啡馆不论大小，平均下来每天卖出的咖啡是20杯出头，也就是营业额每天500元左右，每月15000元左右。按这样的平均水平我们能够承担的租金，按营业额的百分之二十计算（这是餐饮行业的普遍规律），只能是每月 3000 元。而 3000 元在绝大多数城市是不可能租到两百平方米铺面的。这么算下来，如果你自有的两百平方米铺面用来开咖啡馆，如果销售额达不到平均水平的两到三倍，显然还不如把铺面出租去赚租金。

假如你不服气，认为自己一出马必定会超越所谓的平均水平，那我会问你有没有过往的实战经验和数据支持呢？如果没有，这种自信从何而来呢？比较科学的建议是，为什么要被自有铺面绑架呢，租出去一半，一边收着租金，一边用另一半铺面去实践你的想法，先达到平均水平，再超越平均水平，等将来能力提升了，驾驭能力变强了，再考虑更大一点的咖啡馆，这样比较科学。为了更好地说明，我还拿北欧人的身高来打比方，说北欧人个个人高马大的，但出生的时候不是跟咱们亚洲人差不多吗，决定他们最终高度的是基因，没听说北欧人生下来就一米长吧。

又扯远了，还是回到科学的美好。在我看来，科学最美好的地方在于，他总是心平气和、温文尔雅的存在，不争辩，不妥协，不强迫。科学建立的是一种理性的权威——这种权威和以往任何一种权威不同。科学的道理不同于"上峰有令"，不同于"不听老人言吃亏在眼前"，不同于"大家都是这么做的呀"。科学家发表的结果，不需要凭借自己的身份来要人相信。就凭这一点我就觉得科学很美好，他不以势压人，他证明给你看。我甚至认为科学精神能够帮助我们带来人人平等的观念，我们谁的也不听，听科学的。

每次看到网络上各种情绪化的纷纷扰扰，我都很想念"赛先生"，如果"赛先生"真的无处不在，情况肯定会好得多。多跟"赛先生"聊聊，成为好朋友吧，只有"赛先生"才能说服大家摆脱身份、地位、地域的优越感和焦虑感，理性地就事论事，在理性的氛围下达成共识。而一个就诸多常识能够达成共识的社会才是一个真正良性的、让人有安全感的社会。

人 性 的 逆 转

很认真地重读小波的《人性的逆转》，倒吸一口凉气。这个题目不好写。

所谓人性的逆转，当然是相对正常的人性。人人都追求快乐，这是不言自明的，人都是趋利而避害，趋乐而避苦的，小波认为这是伦理学的根基。这一根基被小波文章里讲的故事给打破过，比如："七十年代，笔者在农村插队，在学大寨的口号鞭策下，劳动的强度早已超过了人力所能忍受的极限，但那些工作却是一点价值也没有的。对于这些活计，老乡们概括得最对：没别的，就是要给人找些罪来受。但队干部和积极分子们却乐此不疲，干得起码是不比别人少。"再比如："在七十年代，发生了这样一回事：河里发大水，冲走了一根国家的电线杆。有位知青下水去追，电杆没捞上来，人也淹死了。这位知青受到表彰，成了革命烈士。这件事引起了一点小小的困惑：我们知青的一条命，到底抵不抵得上一根木头？结果是困惑的人惨遭批判，结论是：国家的一根稻草落下水也要去追。至于说知青的命比不上一根稻草，人家也没这么说。他们只说，算计自己的命值点什么，这种想法本身就不崇高。"这些，小波都称之为"人性的逆转"。而他自己就是困惑者之一，很庆幸当时自己没有被逆转。

那个年代离我们并不太远，以现在人的眼光，大多数人会认为这两个故事都很荒诞。那么可不可以说，人性的逆转已经转回正轨了呢？小波文章里说，人性被逆转有三个前提：无价值的劳动和暴力的威胁，两个因素缺一不可，再加上第三个就是人性的脆弱。这么说来，人性的逆转通常是被动的，但始作俑者是谁呢？看看小波是怎么说的，"我要说出我的结论，中国人一直生活在一种有害哲学的影响之下，孔孟程朱编出了这套东西（从孔孟到如今，中国的哲学家从来不挑担、不推车。所以他们的智慧从不考虑减少肉体的痛苦，专门营造站着说话不腰疼，礼高于利，义又高于生的理论），完全是因为他们在社会的上层生活。假如从整个人类来考虑问题，早就会发现，趋利避害，直截了当地解决实际问题最重要。说实话，中国人在这方面已经很不像样了——这不是什么哲学的思辨，而是我的生活经验。"

　　如果说人性的逆转已经持续了一两千年，二十年真的能够逆转回去吗？想想本书的初衷是观察小波当年提出的问题近二十年有没有变化，虽然觉得这个题目很难，也只好硬着头皮使劲搜集各种信息和观感，力求有个新的结论。比如说，别说捞电线杆了，现在银行被抢，社会也不鼓励银行职员为了保护国家财产而冒生命危险硬拼。这看起来算是人性逆转回来了。但是，假设人性真的逆转回来了，为什么还有很多人一直高喊为了什么"大义"或者什么"大业"，不惜牺牲生命呢？或许他们喊归喊其实都没有真的想拿自己的命去换什么，心里想的都是拿别人的命去换？至此，我们能够据此理解为人性的逆转并没有彻底回来，还是可以理解为他们只是不厚道呢？

　　本来那么简单的事情，被我这么一说变得好复杂。乔治·奥威尔说，一切的关键就在于必须承认一加一等于二；弄明白了这一点，其他一切全会迎刃而解。可是在中国，问题的复杂在于，一加一有时候等于二，有时候不等于二。算了，不绕了，小波在他的文章最后呼吁，"我们的社会里，必须有改变物质生活的原动力，这样才能把未来的命脉握在自己的手里。"就这一点来看，那么多人愿意去开间小小的咖啡馆，我想情况是已经大为改观的，一加一不等于二的领域虽然还是有，但肯定是变少了，只希望越来越少直到彻底消失。到那时候，就算还有人呐喊鼓吹什么牺牲生命去完成什么"大业"，就只会有人看笑话了："那是你的大业，你不怕死你自己去，我怕死。"没什么值得用命去换，这没什么不好意思说的，怕死，就是人性的回归。

从 Internet 说起

　　我的电脑还没联网，也想过要和 Internet 联上。据说，网上黄毒泛滥，还有些反动的东西在传播，这些说法把我吓住了。前些时候有人建议对网络加以限制，我很赞成。说实在的，哪能容许信息自由地传播。但假如我对这件事还有点了解，我要说：除了一剪子剪掉，没有什么限制的方法。那东西太快，太邪门了！

　　现代社会信息爆炸，想要审查太困难，不如禁止方便。假如我做生意，或者搞科技，没有网络会有些困难。但我何必为商人、工程师们操心？在信息高速网上，海量的信息在流动。但是我，一个爬格子的，不知道它们也能行。所以，把 Internet 剪掉吧，省得我听了心烦。

　　Internet 是传输信息的工具。还有处理信息的工具，就是各种个人电脑。你想想看，没有电脑，有网也接不上。再说，磁盘、光盘也足以贩黄。必须禁掉电脑，这才是治本。这回我可有点舍不得——大约十年前，我就买了一台个人电脑。到现在换到了第五台。花钱不说，还下了很多工夫，现在用的软件都是我自己写的。我用它写文章，做科学工作：算题、做统计——顺便说一句，用电脑来做统计是种幸福，没有电脑，统计工作是种巨大的痛苦。但是它不学好，贩起黄毒来了，这可是它自己作死，别人救不了它。

看在十年老交情上，我为它说几句好话：早期的电脑是无害的。那种空调机似的庞然大物算起题来嘎嘎作响，没有能力演示黄毒。后来的486、586才是有罪的：这些机器硬件能力突飞猛进，既能干好事，也能干坏事——把它禁了吧。

当然，如果决定了禁掉一切电脑，我也能对付。我可以用纸笔写作，要算统计时就打算盘。不会打算盘的可以拣冰棍棍儿计数——满地拣棍儿是有点难看，但是——谢天谢地，我现在很少做统计了。

除了电脑，电影电视也在散布不良信息。在这方面，我的态度是坚定的：我赞成严加管理。首先，外国的影视作品与国情不符，应该通通禁掉。其次，国内的影视从业人员良莠不齐，做出的作品也多有不好的。我是写小说的，与影视无缘，只不过是挣点小钱。王朔、冯小刚，还有大批的影星们，学历都不如我，搞出的东西我也看不入眼，但他们可都发大财了。

应该严格审查——话又说回来，把 Internet 上的通讯逐页看过才放行，这是办不到的；一百二十集的连续剧从头看到尾也不大容易。倒不如通通禁掉算了。"文化大革命"十年，只看八个样板戏不也活过来了嘛。我可不像年轻人，声、光、电、影一样都少不了。我有本书看看就行了。说来说去，我把流行音乐漏掉了。这种乌七八糟的东西，应该首先禁掉。年轻人没有事，可以多搞些体育锻炼，既陶冶了性情，又锻炼了身体。

这样禁来禁去，总有一天禁到我身上。我的小说内容健康，但让我逐行说明每一句都是良好的信息，我也做不到。再说，到那时我已经吓傻了，哪有精神给自己辩护。电影电视都能禁，为什么不能禁小说？我们爱读书，还有不识字的人呢，他们准赞成禁书。好吧，我不写作了，到车站上去扛大包。我的身体很好，能当搬运工。别的作家未必扛得动大包。

对不起，实在对不起，以上几乎就是王小波《从 Internet 说起》这篇文章的全文。当年小波的意思，我现在全部举双手赞成，可惜他们不仅没有听小波的规劝，放任 Internet 发展得简直不像样子，不可收拾。我虽然这些年从 Internet 上面也得了些便宜，但还想卖个乖，最好是都禁了算了，一了百了，天下太平。反正现在什么都禁了我也活得下去，我现在特别想找个乡下种地，靠双手自给自足，连电都没有也没问题。

　　好了，不闹了，我自知没有王小波骨子里的幽默感，再装下去马上穿帮。还是把王小波在文章里的最后一句话奉上吧，"我赞成对生活空间加以压缩，只要压不到我。但压来压去，结果却出乎我的想象"。我想说，二十年后的今天，很遗憾，结果也超出了我的想象。

关于爱情片

我喜欢看电影，而且喜欢把让我流泪的电影都归为好电影，看一次流一次的电影，在我心目中就是经典电影。如果要问我最喜欢的电影，排第一就是《勇敢的心》，第二是《燃情岁月》，排第三也许是《肖申克的救赎》，但不确定，因为好电影还有很多。这两部电影被我排名前两位，原因是主题都关乎自由，这是我最爱的主题，当然也有爱情，而且电影原声都很棒，都是 James Horner 的作品。

这两部电影里都有爱情，但显然都不是爱情片，我流泪的点也不是里面的爱情。可见，以电影这门综合类艺术来讲，爱情片不是我的首选。但是每次无聊的时候碰到电视上放《诺丁山》，我都会津津有味地把它看完。而且特别有趣的是，《闻香识女人》我也看了很多遍。这显然不是一部爱情片，但每次我都会兴致盎然地等着电影的最后一幕，要看完艾尔·帕西诺和女教师的对话，才心满意足。看来，我对爱情片和片中的爱情是有所期待的。

小波那个年代，国产爱情片本来就不多，他在《关于爱情片》里提到了《庐山恋》："以《庐山恋》为例，不仅爱情的力度不够，而且相当的古怪，虽说是部爱情片，男女主人公一不接吻，二不拥抱，连爱你都不说，只用英文高呼：I love my motherland，吼得地动山摇。那部电影看得我浑身发冷——在云南插队时，我得过疟疾，自打那以后，还没起过那么多的鸡皮疙瘩。"很幸运，我是很小时候看过《庐山恋》，那时候小到根本不懂男女之情，只觉得庐山很美，于是没有起鸡皮疙瘩。

小波说自己不喜欢看爱情片，倒不仅仅是因为《庐山恋》倒了他的胃口，他是认为爱情片都很扯淡，除非为了陪太太，他更喜欢警匪片，虽然他觉得警匪片也扯淡。但是，既然太太喜欢看爱情片，小波觉得他当然没有理由反对她的这种嗜好，只是恳请编导们多弄出一些爱就爱到七死八活、货真价实的故事来。二十年过去了，很遗憾地告诉小波，以这个标准来论，我一下子还真想不起来有哪一部国产的爱情片来，当然，主要原因我前面说过，爱情片不是我的首选，我没那么上杆子去找。

有进步的是，我们现在可以看到的片子比小波那时候多多了，有美国片、韩国片、欧洲片，愿意交会员费的话，还可以在网上找到更多的片子来看。随着时间的推移，年纪越来越老，我对任何类型的片子要求都降低了，只要不让我起鸡皮疙瘩就可以。就拿《诺丁山》为例，我就看了好几遍，喜欢较真的人会跳出来吐槽说，这是小时候童话里"王子和公主幸福地生活在一起了"带来的后遗症。朱莉亚·罗伯茨走进诺丁山一家寻常书店的可能性有多大，爱上书店男主人的故事又有多少可信度，我们不接受这样的童话般的爱情，因为它和现实有巨大的落差。

较真了不是，我现在觉得没这个必要，电影不就是一种可以把你从现实中拽出来两个小时的解决之道吗？尤其是爱情片，只要它在这两个小时里做到了，把你拽进了云里雾里，它的功能就实现了。我不怕承认，每次看《诺丁山》的时候，我都在幻想我将来也有这么一间小书店。后来真的开了咖啡馆，我一点都不否认，守着自己的咖啡馆，时不时还会白日做梦地幻想，我的朱莉亚·罗伯茨会不会下一秒走进我的咖啡馆呢。十年了，我的那个她当然没有出现，但《诺丁山》之于我的咖啡馆生活至少赋予了另一种色彩，我把咖啡馆继续开下去的原因，当然也不会只是为了傻等我的朱莉亚·罗伯茨。

总结一下，其实，小波在《关于爱情片》里也说自己常看些扯淡的电影作为消遣。以我观影数十年的经历看，能够对自己产生巨大冲击和震撼，甚至影响到价值观、人生观，会反复看的片子其实就那么几部，手指头绝对掰得过来。大部分片子都是用来消遣的，没必要过于较真，动不动就抱怨浪费了金钱，还浪费了时间。我的看法是，只要笑出了声，一不小心还流了几滴泪，这片子就值回票价。不小心暴露了自己看电影爱哭，没事儿，我自认为这是美德，不怕告诉你，我看威尔·史密斯演的《七磅》就哭得死去活来的，看周星驰的《喜剧之王》还一会儿哭一会儿笑的，每次都这样。

明星与癫狂

　　我认为明星崇拜是一种癫狂症，病根不在明星身上，而是在追星族的身上。理由很简单：明星不过是一百斤左右的血肉之躯，体内不可能有那么多有害的物质，散发出来时，可以让数万人发狂。所以是追星族自己要癫狂。追星族为什么要癫狂不是我的题目，因为我不是福柯。但我相信他的说法：正常人和疯子的界线不是那么清楚。笔者四十余岁，年轻时和同龄人一样，发过一种癫狂症，既毁东西又伤人，比追星还要有害。所以，有点癫狂不算有病，这种癫狂没了控制才是有病。总的来说，我不反对这件事，因为人既有这样一股疯劲，把它发泄掉总比郁积着好。在周末花几十元买一张票，把脑子放在家里，到体育场里疯上一阵，回来把脑子装上，再去上班，就如脱掉衣服洗个热水澡，或许会对身心健康有某种好处，也未可知……至于明星本人，在这些癫狂的场合出现，更没有任何可

责备的地方。——王小波《明星与癫狂》

　　小波这篇文章最后的结论是："追星族不用我们操心，倒是明星，应该注意心理健康……现在有明星，但没有出色的表演，更没有可以成为经典的艺术片。假如我没理解错，这些明星还拿玩闹起哄当了真，当真以为自己是些超人。这个游戏玩到此种程度，已经过了，应该回头了。"向小波报告，我的观察是，当年的"明星制"发展到今天，一直基本上是纯商业运作，所以心理健康问题没有明显恶化，因为商业利益的使然，明星们都大多不太敢造次，最多同行之间掐一掐，但不敢随便欺负作为衣食父母的追星族。

　　我反倒是发现小波说的追星癫狂症有点失控的架势。怎么讲？有一次一位年轻的男明星出现在我在上海的一间参差咖啡馆门口，引来众多粉丝围观，我当时在场，虽然不知道他是谁，也没想知道，觉得这很正常，虽然一阵骚动有些嘈杂，但给咖啡馆也带来不少生意，也不错。正当我乐呵呵告诉我的"90后"同事说准备发一条微博显摆一下，微博内容大概是"是谁这么大威力，让我们咖啡馆瞬间爆满呀"，小同事看到后迅速反应，"森哥，不能这么发"，我说为什么，同事的解释让我哑口无言！他说，这个"某某"的粉丝巨多，数千万，而且攻击力极强，万一有和你的粉丝重叠的他的死忠粉发现你连他都不认识，你会被围攻的。

什么？就为这就可能被围攻，我还不信那个邪了呢。当然这是年轻时候的我可能有的反应，当时我只是摇了摇头，坏笑了一下，微博没发。是哦，我长期打理微博，虽然没在意，这种为了捍卫各自的偶像在微博上"互喷""互撕"的现象我当然看到过。你看，"喷"和"撕"这两个动词都看起来满惨烈的，联想到小波的说法，我认为现在是追星癫狂症过了。我也不是福柯，粉丝们怎么发展到过度癫狂，我没法分析得透彻，可能跟这些年尤其明显的唯我独尊，非我族类其心必异，要么同意我，要么你去死的社会氛围有关吧。可这种社会氛围又是怎么形成的，那话题就大了。我只想说，参差多态才是美，萝卜白菜各有所爱不是挺好的吗？像我这样对某些"万人迷"无感难道有什么问题吗？

你喜欢的人不许别人不喜欢，那好，咱们十几亿人就都去一起喜欢那个人，和你一起癫狂，于是，一张演唱会的票价肯定就会被炒到能买套房子了。到那时候，除非你不仅癫狂，你爸爸还是王健林，否则你一定会承认强迫所有人都附和你，喜好全跟你一样，到头来自己反而成了受害者。"君子和而不同，小人同而不和"，孔夫子摆出这个道理都几千年了，咱们这儿就是兑现不了，奇了怪了。

反正，我觉得喜欢一个明星是很私人的事情，干吗非要聚众呢？为了身份认同和气氛我倒是可以理解，但显然即便明星本人也会同意，喜欢得久比喜欢的人多更受用一些吧。你可能会说，粉丝多，变现才可能快、久，这事儿虽然好，现在这社会变化飞快，成真的可能性太低，而且还不能及时尽快变现，意义不大。这么分析起来，癫狂的当事人们好像陷入了某种共谋。我也说不清楚了。

不说了，我虽然自己也有些粉丝，但怎么让大家鼓噪起来，快速吸引更多粉丝以便快速变现，这方面我不得不承认自己很外行，而且一直很老派。我总觉得暗恋很美好，不仅不会误伤暗恋的对象，甚至还可以因为暗恋而暗自使劲让自己变得更美好。前不久我就偶遇了一个年轻时暗恋的对象，她现在过得好不好我都没来得及问，只是想起当年为了配得上她，我又是练吉他，又是练音准的，心存感激。听过我唱歌的人都说我唱得还不错，我心里知道，那有她的功劳。

卖唱的人们

　　下面我要谈的是我所见过的最动人的街头演奏，这个例子说明在街头和公共场所演奏，不一定会有损个人尊严，也不一定会使艺术蒙羞——只可惜这几个演奏者不是真为钱而演奏。一个夏末的星期天，我在维也纳，阳光灿烂，城里空空荡荡，正好欣赏这座伟大的城市。维也纳是奥匈帝国的首都，帝国已不复存在，但首都还是首都。到过那座城市的人会同意，"伟大"二字决非过誉。在那个与莫扎特等伟大名字联系在一起的歌剧院附近，我遇上三个人在街头演奏。不管谁在这里演奏，都显得有点不知寒碜，只有这三个人例外。拉小提琴的是个金发小伙子，穿件毛衣，一条宽松的裤子，简朴但异常整洁。他似是这三个人的头头，虽然专注于演奏，但也常看看同伴，给她们无声的鼓励。有一位金发姑娘在吹奏长笛，她穿一套花呢套裙，眼睛里有点笑意。还有一个东亚女孩坐着拉大提琴，乌黑的齐耳短发下一张白净的娃娃脸，穿着短短的裙子、白袜子和学生穿的黑皮鞋，她有点慌张，不敢看人，只敢看乐谱。三个人都不到二十岁，全都漂亮之极。至于他们的音乐，就如童声一样，是一种天籁。这世界上没有哪个音乐家会说他们演奏得不好。我猜这个故事会是这样的：他们三个是音乐学院的同学，头一天晚上，男孩说：敢不敢到歌剧院门前去演奏？金发女孩说：敢！有什么不敢的！至于那东亚女孩，我觉得她是我们的同胞。她有点害羞，答应了又反悔，反悔了又答应，最后终于被他们拉来了。除了我们之外，也有十几个人在听，但都远远地站着，恐怕会打扰他们。有时会有个老太太走近去放下一些钱，但他们看都不看，沉浸在音乐里。我坚信，这一幕是当日维也纳最美丽的风景。我看了以后有点嫉妒，因为他们太年轻了。青年的动人之处，就在于勇气，和他们的远大前程。——王小波《卖唱的人们》

原谅我一字不漏地把小波这一段话搬上来，因为，透过文字我看到了一幅画面，很美，相信你也是。和小波一样，在国外看到过很多街头卖唱，包括演奏。有一次在纽约地铁等车，耳边一直回荡着非常舒服的男声乡村民谣，开始一直以为是头顶上某个地方有扩音器在播放，几分钟后一侧头才发现靠墙的位置，一个歌手坐在键盘面前正在边弹边唱，周围有十几个人在欣赏着。这幅画面没有小波在维也纳看到的那么美，但也足以让我浮想联翩。这几年，我一直在教别人开独立小咖啡馆，其核心理念是自己雇佣自己，凭自己的手艺、真诚和聪明才智，力所能及地开一间小小的咖啡馆，既能够自给自足养活自己，还能够造福社区。看到这样的街头地铁艺人，我马上想到他们的活法和我这几年鼓吹的活法本质上是一样的。

中国的地铁越来越多了，广场也不少。可我们一提到广场立马想到的是大妈们的广场舞，地铁里也几乎没有看到类似的艺人，可惜了。据我所知，从 1985 年起，纽约大都会交管局下属的交通艺术和城市设计部门就发起了名为"纽约地下音乐"的项目，为项目成员的歌手和艺术团体指定纽约地铁站和火车站的理想表演位置，同时给予他们表演许可。获得许可的艺人将可以优先使用热门的表演地点，包括在不允许一般艺人表演的大中央车站和宾夕法尼亚车站等铁路交通枢纽表演，还可以销售自己的音像制品。想要成为"纽约地下音乐"项目的成员，艺人只需向大都会交管局提交申请。风格多样的表演者在数十位由大都会交管局成员和艺术家组成的评委团面前，表演包括爵士、摇滚、歌剧、无伴奏和声、B-box、哑剧等多种形式的节目，以争取到一个官方许可的地铁艺人席位。纽约人普遍同意，地铁艺人存在的最大意义，就是能让上班族在纷繁的转车中短暂地逃离现实和冗长重复的生活，让他们得到放松和宁静。

以我喜欢自由自在的个性和睡懒觉的恶习，如果我要是精通某种乐器，或者歌唱到了可以被欣赏的水平，我每天睡好觉后下午或者傍晚跑去当街头艺人的可能性极大，我猜有我这样想法的人应该还不少吧。

这段时间在大理古城人民路上我就遇见过好多回街头艺人，有中国人，也有外国人。每次看到他们从地上收起装了钱的帽子，随时随地下班的样子，我都心生羡慕。

"生活在大城市，时常有不顺心的事发生，而当这些表演，这些小的细节出现时，会扣人心弦，让人感动。"这是纽约地铁里的一位观众的回答。你看，既能够给喜欢懒散的艺人提供一种生活方式的解决方案，还能造福来来往往的人群，这事多好啊。

我想，在中国，负责地铁营运的公司们是不是也应该开始考虑考虑"地下音乐"项目了呢？如果可以，我都想在我的参差梦想学校开一种课程——"街头艺人培训班"，除了强化表演技术之外，还提醒他们注意以下事项：不阻挡自动扶梯、电梯和楼梯间，不干扰乘客的正常通勤，不在地铁内的施工工地附近表演，不在站内发布公共广播时表演，尽量不使用扩音设备，如果用，也必须控制在 85 分贝之内……

自然景观和人文景观

　　我前半辈子走南闯北，去过国内不少地方，就我所见，贫困的小山村，只要不是穷到过不下去，多少还有点样。到了靠近城市的地方，人也算有了点钱，才开始难看。家家户户房子宽敞了，院墙也高了，但是样子恶俗，而且门前渐渐和猪窝狗圈相类似。到了城市的近郊，到处是乱倒的垃圾。进到城里以后，街上是干净了，那是因为有清洁工在扫。只要你往楼道里看一看，阳台上看一看，就会发现，这里住的人比近郊区的人还要邋遢得多。总的来说，我以为现在到处都是既不珍惜人文景观，也不保护自然景观的邋遢娘们邋遢汉。这种人要吃，要喝，要自己住得舒服，别的一概不管。——王小波《自然景观和人文景观》

小波说:"让别人看到自己住的地方是一种美丽的自然景观,这也是一种做人的态度。"这意思是邋遢难看和经济水平的关系不大,和做人的态度有关。我的看法是,和审美水平的关系也很大。我读高中的时候,十分渴望有一件"梦特娇"牌的T恤,哪怕是假的。那时候,"梦特娇"T恤是潮男的标配。每到夏天,满大街全是颜色不同的"梦特娇",不穿一件"梦特娇"都不好意思去逛街。现在害怕撞衫的年轻人肯定很难想象,但那是真的,而且离现在并不太远。

小波写这篇文章的时候,中国离一场对审美有毁灭性破坏的浩劫还不算远。中国人经历了几十年爱美有罪的噩梦,对美的渴望刚开始被唤醒,对什么是美还在重新学习中。可喜的是,过去二十年,尤其是互联网应用普及的最近十年,我的观感是情况大为好转。实事求是地说,年轻人的审美水平突飞猛进,小波说的态度也在改观之中。前不久就听说北京一对青年夫妻把一处租来的65平方米胡同老平房花了40万人民币装修得又漂亮又舒服。装修过房子的人都知道,每平方米装修费超过5000元,绝大多数人就算是买的房子,可能都不愿意花这么多钱,对于一间租期才十年的房子,这相当于不仅最后装修归了主人,每月租金还多出了3000多。十年后房东会不会让续租不知道，可是小夫妻的理念是，先把这十年过好。房子可以是租来的，但生活永远不是。

现在网络传播神速，类似这对小夫妻的实践成果几乎每天在网上流传，看到的人越来越多，一定会激发很多青年人去效仿和创造，观念也在被传染。一度被摧毁的审美正在恢复。我敢肯定，人文景观会慢慢得以从细微处开始改变。再过二十年，美会回归生活，回到我们身边，无处不在。一个核心动力就是，"私"的合理性被一步步逐渐确认。随之而来的是做人的态度回归正常，公共意识的抬头也会慢慢开始。"大公无私"的荒唐提法会回归成为"大私有公"。人们在美化私人空间和环境之后，会越来越在意人人有份的公共空间。整体审美水平的提高，也会让整个社会对俗和丑的容忍度越来越低，进而变成一种理念。而理念会慢慢形成一种力量，这种力量足以改变自然景观和人文景观。

我如此乐观的理由当然还有互联网这个了不起的工具，小波当年不可能预料到会发展到今天这样的地步。这两年，我在参差咖啡梦想学校的课堂上每一期都不遗余力地推广一个叫"Pinterest"的APP。它创立于2010年，可能因为是全英文的，目前只能用英文关键词搜索，所以在中国大陆还不是那么流行。但是在这个上面你可以看到来自全世界网民上传的美图，涵盖你能想到的任何领域。学员们如果想在装修、装饰咖啡馆上有所参考，用"Pinterest"，你会看得眼花缭乱，启发良多。

两年下来，我们的学员店装修得一个比一个漂亮，快速超越了四五年前的学员店，令我惊叹。很典型的，独立咖啡馆当然是公共空间，但呈现过程我又强烈建议主人更多地从自己的个性和喜好出发，不必去揣度和迎合所谓的大众，坚持自己的审美。这样的结果就是，参差之美就有可能层出不穷，动机看起来有点自我，但客观上提供了更多的样本，有助于对整体审美水平的提高。

有关贫穷

很不幸的是，任何一种负面的生活都能产生很多乱七八糟的细节，使它变得蛮有趣的；人就在这种趣味中沉沦下去，从根本上忘记了这种生活需要改进。用文化人类学的观点来看，这些细节加在一起，就叫作"文化"。有人说，任何一种文化都是好的，都必须尊重。就我们谈的这个例子来说，我觉得这解释不对。在萧伯纳的《英国佬的另一个岛》里，有一位年轻人这么说他的穷父亲："一辈子都在弄他的那片土、那只猪；结果自己也变成了一片土、一只猪。"要是一辈子都这么兴冲冲地弄一堆垃圾、一桶屎，最后自己也会变成一堆垃圾、一桶屎。所以，我觉得总要想出些办法，别和垃圾、大粪直接打交道才对。——王小波《关于贫穷》

小波在这篇文章里还讲到他的一位邻居，一位七十多岁的老师傅退了休却闲不住，每天都会把大家共同的大院里的几十个垃圾箱翻个遍，翻出所有纸盒纸箱，搜集在一起，注水（为了增加重量）后拿去卖。由此小波推论出贫穷是一种生活方式，这一点我也可以做出佐证，因为我小时候见过我爸爸做过性质类似的事情。那时候家里肯定不富裕，但老爸在窗台外支了个花架，养了点花，说明家里显然不至于贫穷。可是，他老人家为了给花施肥，自己研制了一种液态肥料，记忆中应该是用烂黄豆什么的泡制而成。每次施肥的时候，恶臭无比，我受不了就会屏住呼吸夺门而去，他发现了竟然还会问我"出去干吗"。显然，他觉得肥料理所当然会恶臭，对我不能接受恶臭不理解。

　　现在老爸肯定不会再这么炮制肥料了，但我觉得贫穷的生活方式惯性犹在。因为每次去看他老人家，尤其是夏天，屋里仍然能遇见飞蛾。十几年前我就调侃过他是飞蛾养殖专业户，家里大大小小的柜子里总有各种囤积的食物生出了飞蛾。如今生活早已无忧了，这种爱囤积的习惯还在。明明吃不完又舍不得处理，到最后放坏了还是得扔，说是不愿意浪费，其实还是浪费了。现在的年轻人没有经历过匮乏时期，闹心的问题最多是换不起新手机。即便自称是一枚"穷屌丝"，这个"穷"早已不是吃了上顿愁下顿、生活无以为继的意思了。

二十年后的今天，我们身边真正物质上赤贫的人少了很多，"炫富"的人倒是层出不穷。这让我倒想谈一谈另外一种贫穷，那就是精神贫穷。所谓"精神贫穷"，表现为空虚、萎靡、失魂落魄、无精打采、缺乏信心、板起面孔、对什么都提不起兴致。见过一种自嘲，说自己"穷得只剩下钱了"，意思是物质和金钱已经追求到了，不知道还能够追求点啥。在我看来能够这么自嘲其实已经是一个不坏的起点了。更严重的是，由于物质的不断丰富，人们对物质的依赖越来越强，误以为精神的需求可以被物质的满足来替代，缺什么都可以借以"买买买"来满足；科技的发达信息的泛滥，让人们懒得思考，误以为一切疑难杂症都可以简单便捷地从手机上得到"解药"。海量的、碎片的、自相矛盾的信息成了我们精神食粮的唯一来源，精神世界被弄得失去了支点，精神空虚可谓是水到渠成。

中国这几十年发展飞快，人们为了摆脱贫穷，热衷全力以赴追求财富，这当然无可厚非。但是以为摆脱了物质上的贫穷，精神上自然富足就有点掉以轻心，甚至狂妄无知了。我看到的事实是，物质贫穷的时候，精神不一定贫穷，物质富足了，精神并不必然富足。富足的物质生活更能产生很多乱七八糟的细节。你看我，手机里面那么多APP，想看会儿书，手机在旁边震个不停，新闻精准地推送给你，大理发生了杀人案（因为我人现在在大理，这一点手机也知道），还顺便告诉你大理飞武汉的机票降价了，一下子微信里有人发红包了，一下子影视软件震出一条×电影上线了。手机要是一直没动静，我又忍不住拿起它看看微博上有没有新的点赞。人就在这些细节中沉沦下去，从根本上忘记了这种生活需要改进。

什么是文化？我的理解是，一群人对某一件事情有相同的看法和处理方式，就是文化。文化是一个中性词，不能因为人多势众就一定是好的文化，就必须尊重。我甚至有个坏习惯，那就是对多数人的文化始终保持警惕。我的理解是，现在社会普遍的精神空虚乃是因为物质的快速丰富让我们有些应接不暇所致。我已经意识到要开始做减法了，总在提醒自己要尽可能远离一些不必要的细节，多留点时间和空间给自己的精神生活。比如，现在我就把手机放到客厅里，自己留在卧室里写字，怕自己不由自主又拿起手机。在大理和丽江流行了好几年的"发呆"是一个好的苗头，如果"发呆"成为一种主动的需求，那一定是精神层面"脱贫"的开始。

拒 绝 恭 维

　　小波经历过一个疯狂的年代，一批天真烂漫的年轻人被恭维成"革命小将"，有人说他们最敢闯，最有造反精神。于是他们就轻狂了，不仅跑到学校里打老师，还准备越境出去解放全人类。多年以后，这些年轻人长大了，意识到错了，但估计还是想不明白当初怎么就头脑一热疯狂起来了。幸运的是，小波当年不仅很冷静，还能从中看出真相："从人们所在的民族、文化、社会阶层，乃至性别上编造种种不切实际的说法，那才叫作险恶的煽动。因为他的用意是煽动一种癔症的大流行，以便从中渔利。人家恭维我一句，我就骂起来，这是因为，从内心深处我知道，我也是经不起恭维的。"

　　小波的意思很明白，那就是人都经不起恭维，凡恭维我者必不怀好意，别有用心。可是自我恭维怎么解释呢？我们从小到大被反复告知，中华民族具有很多传统美德。刚才搜了一下，看到爱国主义作为民族精神，是中华民族传统美德的核心，然后是仁、义、礼、智、信，还有很多，诸如持节、自强、诚信、知耻、改过、厚仁、贵和、敦亲、忠君、尚勇、好学、审势、求新、勤俭、奉公……不怕你们骂我，我虽然是中华民族的一分子，但我怎么觉得这有点自我恭维呢。

我又试了一下搜"盎格鲁—撒克逊民族的传统美德"和"英国人的传统美德"，结果只显示了"盎格鲁—撒克逊民族为什么是强大的""盎格鲁—撒克逊人是一群怎样的人""英国人的传统""英国人的性格"，看来盎格鲁—撒克逊民族没有我们中华民族善于总结，抑或他们自觉"仁义礼智信"各方面做得没有我们好，不怎么拿得出手，根本就不好意思在这些方面做什么总结。写到这里，我自己都觉得是在耍贫嘴，没意思。我的真实想法是，各个民族都有自己的民族性格和传统，我们总结出来的那些美德，是全人类共同的追求，达到的程度也许有差异，但不应该是哪一个民族独有。比如诚信，地球人都知道那是美德，我们现在的社会整体诚信状况并没有优于别的民族，这是事实，我们也都还在努力中。

可是老喜欢标榜"中华民族的传统美德"，硬是要搞得好像别人都没我们那么美好，或者言下之意我们曲高和寡，追求总是比别人高出一截，这不就是集体自我恭维吗？这么多年自我恭维下来，你我都得了什么好处呢？是不是久而久之潜意识里真的生出了某种集体优越感了呢？就让我也当一回《皇帝的新衣》里面得那个"傻"小孩吧。

人经不起恭维。越是天真、朴实的人，听到一种于己有利的说法，证明自己身上有种种优越的素质，是人类中最优越的部分，就越会不知东西南北，撒起癔症来。我猜越是生活了无趣味，又看不到希望的人，就越会竖起耳朵来听这种于己有利的说法。这大概是因为撒癔症比过正常的生活还快乐一些吧。——王小波《拒绝恭维》

非常庆幸我早早地受到了小波的启发，时刻提醒自己也是经不起恭维的。现在社会上称呼"老师"成风，我就觉得怪怪的，有肆意互相恭维的嫌疑，坏处和后果有多严重。这里我来不及分析，反正我觉得这风气不妙，所以这些年一而再再而三地拒绝别人称我作家、老师、教父，希望大家都叫我"森哥"就好。除了虚长几岁，被年轻人叫森哥我心安理得之外，任何不切实际的称谓都有可能让我忘了自己是谁，忘了生活的乐趣与身份称谓无关。

救 世 情 节 与 白 日 梦

　　现在有一种"中华文明将拯救世界"的说法正在一些文化人中悄然兴起，这使我想起了我们年轻时的豪言壮语：我们要解放天下三分之二的受苦人，进而解放全人类。对于多数人来说，不过是说说而已，我倒有过实践这种豪言壮语的机会。七〇年，我在云南插队，离边境只有一步之遥，对面就是缅甸，只消步行半天，就可以过去参加缅共游击队。有不少同学已经过去了——我有个同班的女同学就过去了，这对我是个很大的刺激——我也考虑自己要不要过去。过去以后可以解放缅甸的受苦人，然后再去解放三分之二的其他部分；但我又觉得这件事有点不对头。有一夜，我抽了半条春城牌香烟，来考虑要不要过去。——王小波《救世情节与白日梦》

幸亏，小波最终没有越境，否则有牺牲的可能性，那我们也就有可能看不到他后来的文章了。他在文章里自称很"蔫"。一个很"蔫"的人当时都产生了强烈的救世情节，几乎还差一点行动了，可见当时的氛围。又是二十年过去了，我们没能用武力解放全人类，但救世情节似乎未减。如今咱们有钱了，普通老百姓出国旅游都喜欢自称是顺带去救他国的经济，茶余饭后的言谈之中，感觉远至欧洲，强至美国现在经济都一塌糊涂，排着队巴望着中国人来救。

有一次在一个饭局上，一个五十出头的餐饮老板和一个会说一点中文的美国人碰上了，都是我的朋友。第一次照面，老板就半开玩笑地对美国人说，你们欠我们那么多钱什么时候还呀。老外被问得一愣一愣的，我只好打圆场说，美国国债是我们自己买的，不算借钱，我们有那么多外汇不买美国国债，也得买欧洲的或者日本的，美元放在自家国库里又生不了利息。老板的弦外之音我知道，买你美国国债就是在救你们，你们不可以不识好歹总说我们的坏话，否则我们就不救你们去救听话的人了。

算起来，这位老板的年纪和小波差不多，救世情节浓厚可以理解。要知道，近一百年前，中国还积贫积弱的时候，梁启超先生就说整个世界都要靠中国文化的精神去拯救呢。自己日子好过了，梦想着去解救别人当然是高尚的想法，但一边"救"一边嚷嚷未免显得有点轻浮，还多少暴露了目的不够纯粹。从上面那位老板的语气里就看得出附加了一些条件，听起来不像是救，更像是交换。

结合王小波的说法："解放的欲望可以分两种，一种是真解放，比如曼德拉、圣雄甘地、我国的革命烈士，他们是真正为了解放自己的人民而斗争。还有一种假解放，主要是想满足自己的情绪，硬要去解救一些人。这种解放我叫它瞎浪漫。"我发现全世界现在都等着我们去解救似乎是在满足自己的情绪。至于为什么老是有这样的情绪需要被满足，按上一篇文章的分析，我们是潜意识里认定我们有优越之处没有被及时肯定，放着那么多自己的问题还没得到很好的解决，日子稍微好过一点就环顾四周想要救别人，看来是急需几句恭维话来肯定自己。

自信的人通常目光坚定，不左顾右盼，不依赖别人的肯定，民族也是。"中华文明将拯救世界"的说法背后不是文化自信，其心理有点像小朋友的以自我为中心，你们这几个大人不许不把我不当回事，我死了你们都活不成，会悲伤致死；也有点像一个小朋友喜欢信誓旦旦地说，你等着，我迟早证明给你看。也许这个比方不太恰当，反正我坚持认为，自己过好了，就是对社会有贡献了。主观为自己，不妨碍客观上可能帮到别人，这样想，怎么做，动力持续而合理，还不至于招人怀疑，省得总要为自己的高调自圆其说；民族也是，中国人占了世界人口的五分之一，"中华文明将拯救世界"的意思应该是中华民族把自己给救了，就是对世界的最大贡献。一个理性成熟的民族和一个理性成熟的人一样应该清醒地知道，没有人有义务拯救你，除了你自己。盼着别人来救，和老想着去救别人一样，心智上都不能算成熟。

承认的勇气

　　小波认为，承认自己傻过，这是一种美德。看到小波这个说法的时候，我正年轻，当时心里一惊，发现真是那么回事。骂别人是"傻×"，那是张嘴就来，不费吹灰之力，内心从来就没有想过自己是不是傻过，更别提公开承认自己是个"傻×"了。当时我已经看了小波的绝大部分文章，很信服他的观点。既然小波说承认自己傻过是一种美德，我当然不介意赶紧暗自审视一下自己，结论出来得有点扭扭捏捏，那就是，虽然我很信服王小波，但还是没觉得自己犯过什么傻。

　　多年以后回想起来，我当时是真傻，犯了傻还全然不知。那之后因为自己犯傻带来的后果不胜枚举，而那时候会自以为是，完全是因为经历有限，犯傻带来的后果不痛不痒，没感觉到。不承认自己傻过，就会一直傻下去，我现在终于在犯了很多傻，受了很多教训之后，逐渐变成了一个心智成熟的成年人了，那就是随时准备承认自己又犯傻了，然后赶紧打住，想想问题出在哪儿，多在自己身上找原因。而不是把责任推给外部环境，因为推卸责任的本质还是不想承认自己会一时糊涂，可是外部环境既然能够左右你，不正说明了你会一时犯傻了吗？

当然，如本文题目显示，我们的文化里，承认自己有弱点需要勇气。基督教文化里就没这个问题，它自始至终告诉你，everybody is weak，每个人都有弱点，是脆弱的，只有上帝是万能的。既然我们都是人，有弱点，会犯傻，同样的错误常常会犯，这都是再正常不过的事情了，没什么好藏着掖着的。知错就改就算不能越变越聪明，至少可以让人犯了傻之后坦然接受，不要那么自责，一句"呵呵，我真傻×"就能饶了自己，开始新的一天。

傻×（asshole）这个词，多数美国人是给自己预备的。比方说，感觉自己遭人愚弄时，就会说：我觉得自己当了傻×（I feel like an asshole）！心情不好时更会说：我正捉摸我是哪一种傻×。自己遭人愚弄，就坦然承认，那个×说来虽然不雅，但我总觉得这种达观的态度值得学习。相比之下，国人总不肯承认自己傻过，仿佛这样就能使自己显得聪明，除此之外，还要以审美的态度看待自己过去的丑态。像这种傻法，简直连×都不配做了。——王小波《承认的勇气》

这么看来，小波说承认自己傻过是一种美德就显得颇有道理。第一，承认需要勇气，勇气背后是自信，一群自信的人才能构成一个美好的社会。你见过一个自信的人天天盯着别人的短处说三道四吗？我自己坚信的东西就不喜欢跟人争论，因为我坚信，殊途同归是迟早的事情，我没工夫耍嘴皮子去说服你，我的时间要用来把我坚信的东西做出来给别人看。就像优秀的科学家多不善言辞只埋头做实验，到时候拿出不容争辩的结果给你看。我现在做的事情，就是在做实验，每一个店都是我的实验品，写字只是业余爱好。

第二，放过自己才可能放过别人，才不会一发现人家的一点"傻×"行径就一口咬住不放，穷追猛打。"傻×"咱们谁没当过呢，没准你正在慷慨激昂地狂"喷"的时候，人家早就意识到了，被你们这一通围攻之下反而起了逆反心理，偏要继续"傻×"下去。这时候要考虑中国国情，你一上来不由分说骂别人"傻×"，当事人多半缺乏幽默感，会当真，不仅反感还会反抗，如此一来不仅不利于达成共识，还会结下心结，偏要死不悔改。所以，碰到"傻×"行径，首先想想自己原来也这么傻过，就容易放过别人了。我因为及时意识到自己常常犯傻，所以慢慢变得越来越宽容。以我自己的经验看，意识到自己犯傻并进行修正，通常是靠自我学习而不是被教训的结果，更不可能被你一"喷"就醒了。

最后，不承认一个事实，其实就是不诚实。长期以来，不诚实被普遍认为是能够带来利益的。大的方面诚实能够大大优化和降低社会运行的成本，让整个社会的更多人受益不说，从我自己过小日子来讲，以诚待人让我活得轻松自如，坦坦荡荡地，有益身心健康。

个 人 尊 严

　　小波在《个人尊严》里说出了一个骇人听闻的数字："从上古到现代，数以亿万计的中国人里，没有几个人有过属于个人的尊严。"那为数不多几个有过个人尊严的，当然是只能从历朝历代的皇帝里出，而且还得是权力巩固的真正的一把手。除此之外，哪怕一人之下万人之上的宰相也不管用，说打屁股就打屁股，打完还得谢主隆恩。究其原因，普天之下莫非王土，连土里生出来的所有小命都是皇帝的，何况尊严。生命保障都没有，拿尊严换"活着"没什么不合理的。生命权受法律保护，看起来不需要拿尊严去交换什么了，但我怎么觉得个人尊严还是被打了折扣呢？我们被折损的尊严被谁拿走了，或者说我们主动或者被迫地拿它去换了什么呢？

　　王小波说："人有无尊严，有一个简单的判据，是看他被当作一个人还是一个东西来对待。这件事有点两重性，其一是别人把你当作人还是东西，是你尊严之所在。其二是你把自己看成人还是东西，也是你的尊严所在。"按这个标准，我现在依然常常觉得尊严受损。比如在机场、火车站这类公共场所，我就经常被人从背后推开，那种感觉就像我是一个挡道的垃圾桶。注意，我发牢骚的前提是，我在公共场所特别在意要守规则，就怕被人推搡，却仍然老是碰到这种事。这和人多密度大没关系，我要是赶时间需要超越别人冲出重围，一定会腾出手轻轻碰一下需超越的对象，腾出嘴说好几句"不好意思，借过一下，不好意思"。我不愿意被当成一个东西，也不会把任何人当作一个东西。至于为什么会有人在公共场所的人群中横冲直撞，把别人当成一个东西，我猜多半他自己被推的时候也是全然无感吧，不像我这么娇气、矫情。

还有，我一天到晚到处飞，总能碰到有邻座的人，飞机一起飞就开始不插耳机用 iPad 看电视剧。这两年流行抗日剧，从头到尾噼噼啪啪乱打一气，当事人看得津津有味完全不顾周围坐的是人而不是放的行李。每次我要是忍不了侧头去直视一会儿，希望提醒那人噪音干扰到了周围人了，当事人通常的反应是，面无表情回避我的目光。这是典型的不把别人当人，也不把自己当人。"说来也奇怪，中华礼仪之邦，一切尊严，都从整体和人与人的关系上定义，就是没有个人的位置。一个人不在单位里、不在家里，不代表国家、民族，单独存在时，居然不算一个人，就算是一块肉。"王小波的这个说法，我再深入解释一下，就是我不认识你的时候，也就是说我和你没有任何关系的时候，你在我眼里就是个东西，我不指望从一个东西那里得到什么尊重，自然也没必要去尊重一个东西。

可见，个人作为尊严的基本单位至今还没有得到普遍确认。又是二十年过去了，情形没有质的改观，甚至有倒退的迹象，我很难过。你还别不信，我有证据。比如"领导"这个称呼现在被滥用。小波那个年代有段蛮有名的相声，里面有个金句是"领导，冒号"，流传了好几年，相声的内容是讽刺领导无能和官僚。那时候，"领导"基本等于傻帽，"老板"和"老总"才是尊称，说明下海经商是被推崇和尊重的，见到一个体面点的人，叫"某老板"或者"某总"准没错。没承想，十几年过去了，"领导"回归，成了放之四海皆准的尊称，不仅政府机关不再称呼科长、处长、局长，一律把上级称为"领导"，银行行长、学校校长也被称为"领导"，甚至餐厅、夜总会的服务员也都把客人统统称为"领导"。原来的老板们呢？现在都蹲在马路边了，我们现在把那些蹲在马路边等零活的水电工都叫"老板"；原来的老总们呢，现在每个办公室里都一堆，我们公司的年轻人就喜欢互称"某总"。

这是什么个意思？"领导"最大？我可不是神经过敏，称呼"老板"和"老总"通常体现不出从属关系，而称呼"领导"显然就是承认自己"被领导"，高低之分马上凸显出来了。"领导"无处不在的背后明显是权力至上的官本位抬头。你们看，自愿甘当"被领导"者，每次酒桌上酒杯举起要碰杯的时候，总是拼命把酒杯往下方移，生怕无法尽显你高我低的身份落差，我说这是干吗呢？这绝不是正常的礼节。我不能排除有些人只是默认这个不良风气，误以为这只是表示尊重，并没有什么处心积虑在里面，但很显然，这种风气的起点就是在折损尊严希望换取利益，因为利益来自于权力似乎又成了社会的普遍共识。

不好意思，扯得有点远了，我现在开咖啡馆，鼓励年轻人做点小生意，背后其实就有关于个人尊严的考量。小生意嘛，不需要调动什么庞大的社会资源，诚信出品，诚意待人就足以维系一群好客人。小小的公共空间里，各自保持尊严，大家人人平等，多好。希望越来越多这样的公共空间能够唤醒更多人的公共意识，而公共意识里面潜藏着个人尊严的集体意识。

关于崇高

在七十年代，人们说，大公无私就是崇高之所在。为公前进一步死，强过了为私后退半步生。这是不讲道理的：我们都死了，谁来干活呢？在煽情的伦理流行之时，人所共知的虚伪无所不在；因为照那些高调去生活，不是累死就是饿死——高调加虚伪才能构成一种可行的生活方式。——王小波《关于崇高》

小波在文章里一针见血地告诉大家，高调加虚伪才能构成一种可行的生活方式。记得前两年，在一年一度的"雷锋"纪念日那一天，有一条微博被疯狂转发，迎来点赞无数，内容大约是"学雷锋，学雷锋……你们都在学和珅，让老子学雷锋？！"微博配图是当年被揪出来的一堆贪官。简单几句话，没有像其他有些人去质疑"雷锋"存在的真实性，而是在说，高调通常是无法践行的，都必须靠虚伪来支撑，除非唱高调的人和干傻事的人永远是两拨人。

谁不喜欢这社会多一点"雷锋"，跟蜘蛛侠似的，哪里需要帮助他就出现在哪里。只可惜电影里看看还可以，这么期望别人大公无私，随叫随到，我觉得这样不好——自己做不到的事情，指望别人去做，这样不厚道。以我的观察，现在人们的普遍共识是，如果真有雷锋这么个军人，他平时能够军容整洁，好好训练就算完成本职工作了。如果出现自然灾害，还能够听指挥及时赶到现场施以援手就肯定是个好兵。不需要还利用休息时间到处给人理发，理发的事情理发店会处理，大家都是普通人，谁说一个好兵就不需要休息呢！

我的看法是，一个文明社会的优质运转靠的是完善的第三产业，鼓励人去做"雷锋"不厚道，愿意做的人自然会去做。我最近就在微博上看到有一个年轻的烘焙师利用春节假期去马拉维（一个非洲国家）做了一周义工。"今年春节本来没有任何计划，打算在上海简单过。年底突然听到一个去马拉维孤儿学校做义工的行程，马上就报了名。没想太多，也没什么特别的目的，只是觉得应该会是个很有意义的体验。从决定到出发才两周多的时间。"你看，字里行间我没看出当事人有学"雷锋"的崇高情节，更不是受人鼓动。从他每天发出的微博和图片能够感觉得到，他心情不错，体验满意，评论里也没有人出来质问他干吗放着中国孩子不帮舍近求远。倒是有不少人在问怎么才能得到这样的机会，当事人也在微博里发布了申请的通道。

这几年身边发生这样的事情不少，相信以后会越来越多，不是学"雷锋"，只是做自己，不为追求崇高，就为了自己觉得有意义，有意思。崇高这事儿我觉得还是存在的，但"崇高"这个词儿好像已经在年轻人的话语里消失了，这是不是对"伪崇高"高调的逆反我不敢下结论，但这一代人拒绝虚伪、愿意活得真实是肯定的。这几年办学下来，赢得了很多学员的尊敬甚至感激，弄得我都不好意思了，所以我常调侃说自己是"骗了钱还骗了感情"。我的意思是，收了人家钱，知无不言言无不尽地帮人解决问题是天经地义，还能赢得感激就真的是收益加倍了。

最后，厚着脸皮拷贝一段我印象深刻，名为"拒绝崇高"的演讲稿里的一段，出自一位老师，网上看来的，说得比我好："既然我们只是以教书为职业的普通人，那么就让我们做一个平凡的人，一个诚实的人，一个正直的人，一个纯粹的人，一个遵纪守法的人，一个勤劳本分的人，一个宽厚和善的人……并通过我们的言行去影响孩子们，而不是在讲台上宣讲着崇高，却在背地里却干着猥琐的勾当！所以，让那些口号似的崇高和伟大见鬼去吧！我们只需要在心里问自己说：每天早上八点一刻你按时到校了吗？每天课上的四十五分钟你尽职尽责了吗？每天孩子们上交的作业你认真批阅了吗？如果做到了，那么我们便可以在每个夜晚来临时心安理得地睡去，我们便无愧于良好的师风师德！"

画蛇添足再加一句，人们对崇高的怀疑和拒绝，和道德水准下滑一毛钱关系都没有；人们普遍忧虑的道德水准下滑，其实是"伪崇高"的虚伪被揭穿之后的阵痛。一个社会的良性运转，靠的不是各种高调，靠的是各行各业的职业精神和对职业精神的肯定。

我怎样做青年的思想工作

"取得了这个成功之后，这几天我正在飘飘然，觉得有了一技之长。谁家有不听话的孩子都可以交给我说服，我也准备收点费，除写作之外，开辟个第二职业——职业思想工作者。但本文的目的却不是吹嘘我有这种本领，给自己做广告。而是要说明，思想工作有各种各样的做法。本文所示就是其中的一种：把正面说服和黑色幽默结合起来，马上就开辟了一片新天地……"看得出来，小波是在调侃自己，其实小波《我怎样做青年的思想工作》这篇文章一开头就告诉我们，他是受人之托迫不得已才去做思想工作的，因为对象是自己的亲外甥。

小波劝外甥好好在清华大学念书、放弃搞摇滚乐的理由是："不错，痛苦是艺术的源泉；但也不必是你的痛苦；别人的痛苦才是你艺术的源泉；而你去受苦，只会成为别人的艺术源泉。"没想到，"虽然我自己并不真这么想，但我把外甥说服了"。你看，小波得意的不是自己给出的理由，而是说服的方法。我猜想，要是他读清华大学的外甥当时要是立志成为一个作家，父母认为不靠谱也来求小波去做思想工作，小波也一定能够不辱使命。因为他知道，方法有时候比观点还重要，尤其是对年轻人。

前不久，我在飞机上就听到一个年轻人在电话里向同学诉苦，因为飞机刚停稳大家挤在一起等待下飞机动弹不得，所以完全无法回避，真真切切地听到了全部。小伙子几近悲愤地吐槽他的父母几年来除了"我们是为你好"还是"我们这是为你好"，对他的任何想法和提议一律回绝，既不给出任何理据，也没有任何商量余地，不听话会怎么不好完全不在讨论范围。更让小伙子受不了的是，发生这种争论的时候，父母通常还是在打麻将，一边摸牌，一边简单粗暴地不容置疑。小伙子最后几乎是带着哭腔对着电话里喊："是的，我是他们生的，但生命是我自己的，与其这样不能按自己的想法生活还不如不要把我带到这个世界上来。"

最后这句话让我浑身一激灵，好在他还有个倾诉对象。从这个小伙子的无助，想到我的读者年轻人居多，我倒很想说说"怎样做老年的思想工作"，希望年轻人看了有所启发。刚才的案例显示，那对父母显然是刚愎自用，且方法不妥，不管初衷多么善良，从效果看不仅不好，还带来了严重的负面效果。我能够听得出来，这小伙子的父母大概是读书不多的生意人，估计是拿不出什么像样的理据只能守着最后的"权威"，"为你好"最后几乎也成了束手无策的哀求。这样的情形我年轻的时候也差不多，父母倒是读过书，但那个年代没有讲道理的氛围，加上想象力也有限，对我自然也是一贯的凡事没商量，容不得半点质疑。

　　面对这样的霸权主义，高中之前我是敢怒不敢言，因为代价很大，试了几次，结果都是被皮带抽得遍体鳞伤。上了高中之后，我的说服方法一下子顿悟出来了——那就是不说只做。因为，尤其是我那个年代，想说服长辈的难度比现在可高多了。所以，我当时的觉悟就是，与其费口舌去"自取其辱"，不如自己有什么想法就偷偷去做。比如我想去旅行，那时候家家都穷，直接想办法利用假期打工赚钱，钱攒够了编个听起来合理的理由就出发了。一次两次三次之后，父母即便发现被骗了，但同时也发现你本事见长，那也是他们乐见的事实。再以后，硬要替你拿主意的硬气就会逐渐减弱了。

　　在西方，大多数父母巴不得你有自己的主见，学校也是朝这个方向训练的。可在中国，这种风气开始有了，但还没那么普遍，很多年轻人还得靠自己。我的意思，在社会普遍共识没有达成之前，如果你运气不好碰到强势霸道的父母，想靠跟父母谈判去来实现自己的人生主导权，可能性还是不太高。不论你怎么说，在他们眼里都是幼稚的，说多了就演变成争吵，无益于解决问题。我的建议是，语言相对行动总是苍白无力的，除了违法的事情咱不能干，只要能够证明自己还行的小事儿多多益善，向父母证明自己还行需要一件件小事的累计，需要一点时间。什么尝试性的行动都没有，到最后把一事无成的责任全推给父母的不支持不理解不同意，这当然容易，但这样对不起自己。时不我待呀，趁年轻，越早证明自己可以做成点儿事越好，行动才是最有说服力的"思想工作"。

旧片重温

现在的年轻人不能想象小波经历的"文革"年代，在审查制度极严、电影作品本来就不多的背景下，大多数的电影仍然被眼睛雪亮的人民群众指出隐含了反动的寓意。小波调侃说，因为那时候年纪小，觉悟不高："几乎所有的电影都被猜出了问题，但没有一条是我能看出来的。最后只剩下了'三战一哈'还能演。三战是《地道战》《地雷战》《南征北战》，大多不是文艺片，是军事教育片。这'一哈'是有关一位当时客居我国的亲王的新闻片，这位亲王带着他的夫人，一位风姿绰约的公主，在我国各地游览，片子是彩色的，蛮好看，上点年纪的读者可能还记得。除此之外，就是《新闻简报》，这是黑白片，内容千篇一律，一点不好看。有一个流行于七十年代的顺口溜，对各国电影做出了概括：朝鲜电影，又哭又笑；日本电影，内部卖票；罗马尼亚电影，莫名其妙；中国电影，《新闻简报》。这个概括是不正确的，起码对我国概括得不正确。当时的中国电影，除《新闻简报》，还剩了点别的。"

有一种河南出产的香烟"黄金叶"，商标是一张烟叶，叶子上脉络纵横，花里胡哨。红卫兵从这张烟叶上看出有十几条反动标语，还有蒋介石的头像。我找来一张"黄金叶"的烟盒，对着它端详起来，横着看、竖着看，一条也没看出来。不知不觉，大白天的落了枕，疼痛难当，脖子歪了好几个月。好在年龄小，还能正过来。——王小波《旧片重温》

小波用这样的黑色幽默反讽那个胡乱猜疑的时代，现在的年轻人看了估计有点云里雾里，甚至可能会有点怀疑几十年前咱们这里真的是这样吗？我来证明，是真的，因为我虽然没有经历过那个时代，但是我就有瞎猜的恶习，老想从鸡蛋里挑出骨头，显出自己能干来。我知道这样很不好，但好像就是上面说的遗毒上了身，有点改不了了。

比如，几年前有部电影《满城尽带黄金甲》，张艺谋的大作之一。周杰伦、巩俐、刘烨、周润发都在里面，几个演员都挺好，尤其是周润发，从《上海滩》里面的"许文强"开始就是我的偶像。可是，这部电影里导演让我的偶像周润发演的皇帝从头到尾反复说一句台词"我不给，你们不能抢"，意思是皇位迟早会给你的，不是大皇子，就是二皇子，三皇子也有希望，但是"我不给，你们不能抢"。现在的年轻人肯定看完没觉得这台词有什么问题，可我这瞎猜的毛病又犯了，怎么就听着那么不顺耳呢，我从这句台词里猜出了导演险恶的用心——什么天赋人权，都是狗屁，都老老实实等着吧，等老子想通了再说。你看看，我这胡乱猜疑的毛病让我自己都讨厌，看部电影都能给自己找不痛快。

再比如，姜文的一部电影《让子弹飞》，也有周润发，演一个恶霸，姜文在里面演土匪。这部电影票房不错，看了的人都说好看。可我又从台词里猜出了点东西，而且因此对姜文大加赞赏。电影里周润发演的恶霸被姜文处死前不解地问土匪姜文，为什么非要跑来针对他，是为了钱呢，还是为了针对他这个人，姜文演的土匪回答棒极了："钱对我不重要，你对我也不重要，但是，没有你对我很重要。"说得太棒了！我从这句台词里听出了对强权的憎恶，进而还认为这句台词画龙点睛，是本片想表达的主旨。我带着激动之情问过很多看过这部电影的人，他们都没注意到这句台词，更没有像我这样瞎猜导演的寓意。实在对不住，也许人家姜文本来没这意思，就算有，大家都没看出来岂不是枉费了心机。哎，反正我这瞎猜的毛病算是改不了了。

扯了这么多，是想说，我也觉得猜来猜去挺没意思的，我也不愿意这样。

打 工 经 历

重读小波这篇《打工经历》，忍不住又笑了起来，小波的幽默我这辈子只有崇拜的份儿啊。接着就是忍不住又长吁短叹，小波要是还在，我就能源源不断地看到好文章、好故事，那该多好啊。小波写文章有个宗旨，就是"先把文章写好看了再说，别的就管他×的"。这篇文章我就觉得很好看，小波用他在美国打零工的故事传达的意思我理解为，人干活的时候要善用工具，不能蛮干，工具用得得当，干活事半功倍。为了省点钱明明有工具不用，一个本来很聪明的人沦为工具不说，事倍功半活还出不来，甚至还有损尊严。

关于工具的使用，2008 年有部电影叫《老爷车》，伊斯特伍德演的退伍老兵把邻居亚裔男孩带到自己的工具房显摆自己的一大堆工具，特别强调了一番，工具对男人的重要性，甚至好像还说了，不会使用工具的男人不够 MAN。具体是不是这么说的，我记不得了，反正当时很有同感。中国人在这个方面一直有不同的看法，"劳心者治人，劳力者治于人"，这是对干体力活者的明显歧视。我年轻的时候也中了这种毒，也觉得管理别人的工作才算体面，所以当年我在工厂里打工打到科长位置，可以管那么十几个人的时候，心里暗暗得意了好多天。

幸运的是，好景不长，我这种无聊的优越感很快就消失殆尽了。因为从管别人这件事上得到的优越感完全可以和被人管的委屈相抵消。人人生来平等，尊卑有序这玩意把人分成了三六九等，个人想要赢得尊重往往仰仗他所处的等级而不是真的本事，这么安排我觉得不合理。这几年我大力鼓吹"自雇佣"，教年轻人学手艺，鼓励年轻人靠自己的手艺给自己开个小店，自己雇佣自己，不治人，也不受人治，理论基础就是机构组织越大越会产生森严的等级，难免就跟随着以权压人，颐指气使，面目可憎。这个世界越扁平化，越有助于摧毁等级，实现人人平等。小的是美好的。

人人会一门手艺，靠为这个社会提供参差多态的产品和服务来赢得尊重，这样的尊严是别人拿不走的，踏实。这几年，

"匠人"这个词越来越多地被人推崇，说明中国人的观念也在慢慢改变。五年来，我们的咖啡学校里就不乏高级白领和留学生海归主动放弃靠脑吃饭甘愿将来靠双手吃饭。这么说好像也不太准确，如今的社会越来越讲究手脑并用，观念、手艺、审美都不可或缺。

从小波的打工经历到我的打工经历，又从工具说到手艺，自己都觉得乱了。还是回到题目《打工经历》吧，我从当年没有选择，被迫去打工，到觉得自己特别适合打工，到现在自己给自己打工，整个过程有一个词始终贯穿其中，那就是尊严。给人打工的时候，我很少考虑薪水的事情，只求对得起自己手上的工作，宁可多做绝不偷懒。这关乎尊严，我可不愿意因为偷懒被人发现而招来鄙视的眼神。当时我是在台资鞋厂打工，有些也是大学学历的同事喜欢说一个词叫"骑马找马"，他们觉得眼前这份工作看不上，只是个过渡，于是有了偷懒的借口。我很怀疑这种做法的合理性，要是下一份工作也不太满意就继续懈怠下去吗？受害的恐怕首先是自己吧，做好每一份工作本身是对自己职业素养的训练，待价而沽拿多少钱出多少力，有把自己工具化的嫌疑。何况，毕竟经历是自己的，不良习惯养成了，后面自己想好好做事，或者替自己做事的时候，恐怕也难得其法。

因为发现自己不喜欢管人，所以现在自己有公司了反而心里很想去给别人打工。最近几年，我最推崇的是自己给自己打工，我们的咖啡学校就教这个。如今科技发达、商业发达、网络化、智能化是不可逆转的趋势，人在很多方面没法跟机器比，有些人开始沮丧。要我看，不必过于担心，手艺这东西可能是我们要回归的方向，尤其是带有温度的手艺，我们不应该害怕冰冷的机器，人情味机器终归是做不出的。建议年轻人多花点时间学些这样的手艺，不管社会怎么发展，怎么变化，靠手艺自己给自己打工不仅能够养活自己，还容易保持尊严。

人为什么活着

　　其实《人为什么活着》是小波给当时的女朋友、后来的夫人李银河女士的一封信，是在回答李银河提出的问题，人为什么活着。"你问我人为什么活着，我哪能知道啊？我又不是牧师。释迦牟尼为了解决这个问题出了家，结果得到的结论是人活着为了涅槃，就是死。这简直近乎开玩笑了。"看来，这个问题真的是难。"总之，我认为人不应当忽视自己，生活就是自己啊。总要无愧于自己才好。比方说我要无愧于自己就要好好地爱你才对。也不能让人家来造自己，谁要来造我我都不干。有人要我们这样要我们那样，我们就不知道什么是生活本身了……"

　　我截取这一段当然是同意小波的说法，但还是没看到正面回答"人为什么活着"。小波的那个年代流行一个简单化的解答思路，人活着是为别人还是为自己，二选一。人活着为别人当时被认为是正确答案，大公无私被鼓吹就是个证明。但因为鼓吹过了头，到了走火入魔的境地，很快认知就走向了反面，人活着就是为了自己成了心照不宣的做法。所以说这个问题不能如上简单化地去解答，我自己的体会是关于这个问题的答案老是在变。

相信每个人年轻的时候都想过这个问题，不管有没有答案绝大多数人都活着，边活边想吧。也有人想不出答案就直接把自己弄死了，老实说我至今对这种人心存敬意。因为我年轻的时候想这个问题就钻进了死胡同，实在想不出活着的意义，又不敢找人请教和讨论这个敏感问题，觉得有点犯忌讳。而且万一还是找不到答案，难道真的去死吗？现在想起来都有点后怕，我从高中时代思考这个问题开始，突然从一个胆小如鼠的人变成了一个胆大妄为、好冒风险的人。偷偷告诉大家，我当时的想法是，既然为什么活着老想不明白，做点以前不敢做的事情，冒冒险，好歹出个风头，死了也无所谓。

我上一本书《梦想是这样成真的》里面提到了神农架探险之旅其实就是这样一次冒险，动机之一就是我刚才所交代的。

幸运啊，这一趟冒险不仅活着回来了，好像还悟出了点什么。那就是我们完全可以换一个角度去面对这个问题，把"人为什么活着"改成"我不想为什么东西活着"。这样一来，我连自己的病根都找到了——当时我之所以想不明白"人为什么活着"，是因为长那么大就没看到"活着"这件事有什么意思。年少轻狂的我觉得柴米油盐、上班下班、家长里短、一眼看得到头的生命多没意思啊！于是冒险其实就是我不想为这些东西活着的逆反，而一次次逆反的过程和结果是我发现了有意思的事情。

好险！如果那时候真把自己弄死了就太可惜了，因为后来我发现了很多有意思的事情。神农架之行当时给了一条清晰可见的线索，"人为什么活着"，很简单，人活着就得寻找活下去的理由，一直找下去，到死为止。这个问题在我看来，没有一个简单化的答案，年轻的时候号称为了爱人活着，为了得到爱人的芳心，努力把自己活成个人物。这没错啊，没什么不好意思承认的。步入中年了，有人说是为子女活着，管他是不是唱高调，愿意自圆其说就好。等子女长大成人了，有人说是时候回报一下社会了，这当然好。生命本无意义，就等着我们去赋予它意义。

小波说，"人活着总要无愧于自己才好"。从神农架之行到现在，我一直是这么活着的，寻找生命意义的过程本身赋予了生命意义。每当厌倦的时候，我就赶紧再来一次排除法，把"我不想为什么活着"一一理出来，尽快扔掉。实在扔不掉的，至少把它罩起来，不让它恣意蔓延，由它慢慢萎缩。往往都是在同时，有意思的想法和有趣的事情就不经意地出现了，夸张一点说，活下去的理由就又有了。哈哈，这么说，搞得像是我随时都在准备去死似的。你别说，我的确写过一篇文章叫《2012快点来吧》，意思是我才不担心什么世界末日会不会来，什么时候来，因为，那一刻来的时候，我肯定在做自己觉得有意思、有意义的事情。上帝突然喊停，那就停咯，反正我无愧于自己的一生，长一点是一生，短一点也是一生，过程比结局重要，这是我一贯的乐观。

摆 脱 童 稚 状 态

当然，人们给所谓色情作品定下的罪名不仅是腐蚀青少年，而且是腐蚀社会。在这方面书中（《性社会学》）有一个例子，就是六十年代的丹麦试验。1967年，丹麦开放了色情文学（真正的色情文学）作品，1969年开放了色情照片，规定色情作品可以生产，并出售给十六岁以上的公民。这项试验有了两项重要结果：其一是，丹麦人只是在初开禁时买了一些色情品，后来就不买或是很少买，以致在开禁几年后，所有的色情商店从哥本哈根居民区绝迹，目前只在两个小小的地区还在营业，而且只靠旅游者生存。本书作者对此的结论是："人有多种兴趣，性只是其中的一种，色情品又只是其中一个小小的侧面。几乎没有人会把性当作自己的主要生活兴趣，把色情品当作自己的主要生活兴趣的人就更少见。"

丹麦试验的第二个重大发现是色情业的开放对某些类型的犯罪有重大影响。猥亵儿童发案率下降了百分之八十，露阴癖也有大幅度下降。暴力污辱罪（强奸，猥亵）也减少了。其他犯罪数量没有改变。这个例子说明色情作品的开放会减少而不是增加性犯罪，笔者引述这个例子，并不是主张什么，只是说明有此一事实而已。——王小波《摆脱童稚状态》

小波的这篇文章是从他夫人李银河翻译的《性社会学》开始讨论的。截取上面一段，是因为我知道作为社会学家的李银河女士至今还在基于上述理论呼吁"卖淫去罪化"，但没见什么效果，所以我一会儿也懒得谈和性有关的事情。小波在这篇文章里进一步说，如果因为社会上总会存在着一些没有鉴赏力或没有专业知识的读者，为了避免一本书"祸害"他们就不许出版。那么不论从作者的角度，还是读者的角度，书刊审查这种就低不就高的原则都有损于一个社会的知识环境。通俗地讲就是成年人有成年人的志趣和判断力，不希望自己老是被当成小孩子来喂养，那样永远也摆脱不了童稚状态。

小波二十年前提出的这种童稚状态，我的观察是依然普遍存在。理论上当然和依然严密的审查制度有关，但是在一个网络如此发达，人们获取信息的方式从单向已经进展到双向的网络信息时代，显然还有别的原因。不得不承认，即便现在几乎没有你想获取而不得的信息和知识（大不了翻墙嘛），仍然有为数不少的年轻人从众心理严重，懒得探索，自愿停留在童稚状态而不自知。而造成这种现象的原因我认为和家庭教育有关。我试着举几个例子看看能不能证明我的说法。

比如，几年前一位法国女友人告诉我一个现象，说她发现有不少三十岁左右的中国女性在自己的私家车里放卡通布娃娃，有些还放了一排。她觉得很奇怪问我原因，我本没有在意观察，想了一下敷衍说，应该是童心未泯吧。不愧是来自社会学的发源地，这位法国女士不同意我的看法。她说，女人到了这个年纪，应该有新的与之相匹配的喜好和审美。在法国，女人车里都简简单单、干干净净的，不放什么装饰，言下之意她的结论是中国女人的这种现象可以解释为审美和喜欢没有及时升级，属于心智不成熟。

当时我没在意她的说法，现在想想觉得好像有道理，因为我最近被"本宝宝""吓死宝宝了"这类成年人老挂在嘴上的童稚化语言搞得挺腻歪的。这才发现这两种现象有某种联系。一个半大不小的姑娘这么自称"宝宝"也就罢了，怎么连大老爷们也能张嘴就来啊。表面上，我们可以理解为，现在社会压力越来越大，成年人也需要偶尔摆脱一下真实身份，扮演一下儿童，以求短暂的无压环境。但这背后是不是隐藏着这样的逻辑，成年人付出和回报必须成正比，扮演成儿童之后，可以获得类似母爱的无条件喜爱、包容、呵护、原谅。如果真是出于这样的意识，那就是很严重的童稚状态。真希望我这又是想多了。

如果这两个例子还不足以说明童稚状态仍然普遍存在，那请看："中国中流的家庭，教孩子大抵只有两种法。其一，是任其跋扈，一点也不管，骂人固可，打人亦无不可，在门内或门前是暴王，但到外面，便如失了网的蜘蛛一般，立刻毫无能力。其二，是终日给以冷遇或呵斥，甚至于打扑，使他畏葸，退缩，仿佛一个奴才，一个傀儡，然而父母却美其名曰'听话'，自以为是教育的成功，待到放他到外面来，则如暂出樊笼的小禽，他决不会飞鸣，也不会跳跃。"（鲁迅）

这是鲁迅的一篇小文《上海的儿童》里的一段，我认为这样的家庭教育方式是童稚状态的根源。我们看看现在的孩子，生长的环境和鲁迅先生的描述有没有质的改进呢？如果有，那我马上承认，我错了。

我厌恶模式化的生活

要说模式化的生活，我可真腻味它。见也见烦了，且不说它的苦处……我发誓：在改造自己以适应于社会之前非先明辨是非不可，虽然我不以为自己有资格可以为别人明辨是非。

这也是小波给李银河女士的一封信里的一段，他们在讨论他俩都不喜欢模式化生活。我也不喜欢，所以我喜欢王小波的态度，更重要的是，小波不是表达完讨厌就完了，他还指出了如何不陷入模式化的生活。

人们懒于改造世界必然勤于改造自己，懒于改造生产方式，对了，懒于进行思想劳动必然勤于体力劳动，懒于创造性的思想活动必然勤于死记硬背……比方说你我，绝不该为了中国人改造自己，否则太糊涂。比方说中国孩子太多，生孩子极吃苦头，但是人们为什么非生不可呢？我猜是因为（1）大家都生，（2）怕老了，（3）现在不生以后生不了。——王小波《我厌恶模式化的生活》

你看，小波提到了决不能因为大家都生孩子于是咱也生一个，他还提到了自己先要辨明是非之后才决定按自认为对的方式去生活。我也同意他说的"不以为自己有资格可以为别人明辨是非"，所以我也觉得不要生孩子好，但并不推荐给其他人。可惜我是遇见小波之后才把这个问题想明白的，那时候我的儿子都两岁了。我不怕儿子看到这个，我们一直相处得很好，我当然也不后悔年纪轻轻稀里糊涂地模式化了一把。

幸运的是，在这个问题上，我虽然不小心模式化了，但很快就跳出了模式化的思维。你看，我从不把什么养育之恩挂在嘴上，因为孩子是被我带到这个世界上来的，事先我可没有征求他的意见。因此，把他抚养成人是我的义务和责任，谈不上什么恩德。抚养的过程中，我得到了和干别的事情完全不一样的快乐和成就感，虽然付出不少，但我认为没什么可说的，算扯平了。十八岁以后身心健康的他属于他自己，是完全自由的，没欠我什么。

我特别反对"养儿防老"这个说法，听到就腻，很模式化。一个生命来到这个世界的目的无他，就是好好生活，创造美好生活。反正我要是知道我来到这个世界的使命是给人养老，我可能就不想来了。现代社会，养老应该是社会问题，不是家庭问题，一个人为社会服务了四十年，社会就应该能够有合理的机制供养他的余生。农耕文明的时代，生产力低下，人们不敢想象，有"养儿防老"的想法情有可原，现在还这么想，就有点卑鄙了。

我猜很多家长老是强迫子女听他们的规划和安排，骨子里就是觉得这样的规划和安排比较保险，有可能升官发财。只有升官发财了，自己的养老才会有踏实的着落。嘴上说"为你好"，自己才是最大受益者吧！否则怎么解释孩子不愿意听从安排他们就要翻脸呢，怎么解释孩子明明不快乐他们也无动于衷呢？现代社会进步这么快，父母非要强词夺理说自己是过来人，判断会比孩子靠谱，恐怕也说不通了吧。我就跟我儿子说过，你将来要想赚大钱，过好日子，从事的那件事情最好是我看不懂的，因为我都看懂了，既比你更有钱，又比你有资源，还比你有人脉，如果我这样的老家伙也都来干这事儿，你干成的机会不就大大降低了吗？

讨厌模式化生活触及生孩子的问题风险很高，涉及传统和伦理不容易说清楚，还是到此为止吧。我那么排斥模式化生活，根本原因其实是它缺乏创造性，无法创造出参差之美。就算我创造不出来，我也指望别人能够创造出来，多多益善，能让我欣赏一下也好。试想，如果大家都懒得创造，不仅社会不会进步，我不能坐享其成，更可怕的是，同质化的人和生活方式会形成一种力量，甚至是霸权，想着要去同化那些蠢蠢欲动的人。比如，人家都结婚了，你怎么还单身呢？正常的逻辑是，"人家都结婚了"和"我也应该结婚"之间没什么毛关系，可问题是，"人家都结婚了"这么一个破理由竟然常常就得逞了，搞得一些意志薄弱的可怜虫稀里糊涂就妥协了，掉进了自己其实不想就范的模式化。

所以，模式化最可怕的不是既成事实，某种程度上我们还要感谢一些自愿选择模式化生活的人，比如一个廉洁的公务员。最可怕，也最可恶的是模式化的思维方式，它是妨碍这个世界变得丰富多彩的恶势力。我现在越来越老了，估计很难再创造什么新花样了，但是我乐见别人跳出模式化的生活，大胆尝试，哪怕丑态百出我也真心鼓掌。

对待知识的态度

"对待知识的态度"这个话题有点大，我一向不是个好学生，顶多算一个还保有一些好奇心的人，所以对这个问题没什么延伸思考，小波说的我全都同意。而且不论社会怎么发展，知识怎么推陈出新，对待知识的正确态度总是摆在那儿的，小波表达的比我清晰，这里我就不多说什么了，请看：

我年轻时当过知青，当时没有什么知识，就被当作知识分子送到乡下去插队。插队的生活很艰苦，白天要下地干活，天黑以后，插友要玩，打扑克，下象棋。我当然都参加——这些事你不参加，就会被看作怪人。玩到夜里十一二点，别人都累了，睡了，我还不睡，还要看一会儿书，有时还要做几道几何题。假如同屋的人反对我点灯，我就到外面去看书。我插队的地方地处北回归线上，海拔 2400 米。夜里月亮像个大银盆一样耀眼，在月光下完全可以看书——当然，看久了眼睛有点发花——时隔20多年，当时的情景历历在目。

如今，我早已过了不惑之年。旧事重提，不是为了夸耀自己是如何的自幼有志于学。现在的高中生为了考大学，一样也在熬灯头，甚至比我当年熬得还要苦。我举自己作为例子，是为了说明知识本身是多么的诱人。当年文化知识不能成为饭碗，也不能夸耀于人，但有一些青年对它还是有兴趣，这说明学习本身就可成立为一种生活方式。学习文史知识目的在于"温故"，有文史修养的人生活在从过去到现代一个漫长的时间段里。学习科学知识目的在于"知新"，有科学知识的人可以预见将来，他生活在从现在到广阔无垠的未来。假如你什么都不学习，那就只能生活在现时现世的一个小圈子里，狭窄得很。为了说明这一点，让我来举个例子。

在欧洲的内卡河畔，有座美丽的城市。在河的一岸是历史悠久的大学城。这座大学的历史，在全世界好像是排第三位——单是这所学校，本身就有无穷无尽的故事。另一岸陡峭的山坡上，矗立着一座城堡的废墟，宫墙上还有炸药炸开的大窟窿。照我这样一说很是没劲，但你若去问一个海德堡人，他就会告诉你，二百年前法国大军来进攻这座宫堡的情景：法军的掷弹兵如何攻下了外层工事，工兵又是怎样开始爆破——在这片山坡上，何处是炮阵地，何处是指挥所，何处储粮，何处屯兵。这个二百年前的古战场依然保持着旧貌，硝烟弥漫——有文化的海德堡人绝不只是活在现代，而是活在几百年的历史里。

与此相仿，小时候我住在北京的旧城墙下。假如那城墙还在，我就能指着它告诉你：庚子年间，八国联军克天津，破廊坊，直逼北京城下。当时城里朝野陷于权力斗争之中，偌大一个京城竟无人去守……此时有位名不见经传的营官不等待命令，挺身而出，率健锐营"霆字队"的区区百人，手持新式快枪，登上了左安门一带的城墙，把联军前锋阻于城下，前后有一个多时辰。此人是一个英雄。像这样的英雄，正史上从无记载，我是从野史上看到的。有关北京的城墙，当年到过北京的联军军官写道：这是世界上最伟大的防御工事。它绵延数十里，是一座人造的山脊。对于一个知道历史的中国人来说，他也不会只活在现在。历史，它可不只是尔虞我诈的宫廷斗争。

作为一个理工科出身的人，其实我更该谈谈科学，说说它如何使我们知道未来。打个比方来说，我上大学时，学了点计算机方面的知识，今天回想起来，都变成了老掉牙的东西。这门科学一日一变，越变越有趣，这种进步真叫人舍不得变老，更舍不得死……学习科学技术，使人对正在发展的东西有兴趣。但我恐怕说这些太过专业，所以就到此为止。现在的年轻人大概常听人说，人有知识就会变聪明，会活得更好，不受人欺。这话虽不错，但也有偏差。知识另有一种作用，它可以使你生活在过去、未来和现在，使你的生活变得更充实、更有趣。这其中另有一种境界，非无知的人可解。不管有没有直接的好处，都应该学习——持这种态度来求知更可取。大概是因为我曾独自一人度过了求知非法的长夜，所以才有这种想法……当然，我这些说明也未必能服人。反对我的人会说，就算你说的属实，但我就愿意只生活在现时现世！我就愿意得些能见得到的好处！有用的我学，没用的我不学，你能奈我何？……假如执意这样放纵自己，也就难以说服。罗素曾经说：对于人来说，不加检点的生活，确实不值得一过。他的本意恰恰是劝人不要放弃求知这一善行。抱着封闭的态度来生活，活着真的没什么意思。

工作和人生

和上一篇一样，我不认为有资格在"工作和人生"这么大的话题上有什么论述，私下里我还常冒出一些诸如"我只要有质量的生命，假如将来得了什么怪病，浑身痛，我一定选择自己弄死自己"之类的怪论，所以，害怕就这么一个重要话题画蛇添足，说不清楚把自己绕进去了。小波的论述很精彩，我不仅同意而且非常喜欢。请看：

我现在已经活到了人生的中途，拿一日来比喻人的一生，现在正是中午。人在童年时从朦胧中醒来，需要一些时间来克服清晨的软弱，然后就要投入工作；在正午时分，他的精力最为充沛，但已隐隐感到疲惫；到了黄昏时节，就要总结一日的工作，准备沉入永恒的休息。按我这种说法，工作是人一生的主题。这个想法不是人人都能同意的。我知道在中国，农村的人把生儿育女看作是一生的主题。把儿女养大，自己就死掉，给他们空出地方来——这是很流行的想法。在城市里则另有一种想法，但不知是不是很流行：它把取得社会地位看作一生的主题。站在北京八宝山的骨灰墙前，可以体会到这种想法。我在那里看到一位已故的大叔墓上写着：副系主任、支部副书记、副教授、某某教研室副主任，等等。假如能把这些"副"字去掉个把，对这位大叔当然更好一些，但这些"副"字最能证明有这样一种想法。顺便说一句，我到美国的公墓里看过，发现他们的墓碑上只写两件事：一是生卒年月；二是某年至某年服兵役。这就是说，他们以为人的一生只有这两件事值得记述：这位上帝的子民曾经来到尘世，以及这位公民曾去为国尽忠，写别的都是多余的。我觉得这种想法比较质朴……恐怕在一份青年刊物上写这些墓前的景物是太过伤感，还是及早回到正题上来罢。

我想要把自己对人生的看法推荐给青年朋友们：人从工作中可以得到乐趣，这是一种巨大的好处。相比之下，从金钱、权力、生育子女方面可以得到的快乐，总要受到制约。举例来说，现在把生育作为生活的主题，首先是不合时宜；其次，人在生育力方面比兔子大为不如，更不要说和黄花鱼相比较；在这方面很难取得无穷无尽的成就。我对权力没有兴趣，对钱有一些兴趣，但也不愿为它去受罪——做我想做的事（这件事对我来说，就是写小说），并且把它做好，这就是我的目标。我想，和我志趣相投的人总不会是一个都没有。

根据我的经验，人在年轻时，最头疼的一件事就是决定自己这一生要做什么。在这方面，我倒没有什么具体的建议：干什么都可以，但最好不要写小说，这是和我抢饭碗。当然，假如你执意要写，我也没理由反对。总而言之，干什么都是好的；但要干出个样子来，这才是人的价值和尊严所在。人在工作时，不单要用到手、腿和腰，还要用脑子和自己的心胸。我总觉得国人对这后一方面不够重视，这样就会把工作看成是受罪。失掉了快乐最主要的源泉，对生活的态度也会因之变得灰暗……

人活在世上，不但有身体，还有头脑和心胸——对此请勿从解剖学上理解。人脑是怎样的一种东西，科学还不能说清楚。心胸是怎么回事就更难说清。对我自己来说，心胸是我在生活中想要达到的最低目标。某件事有悖于我的心胸，我就认为它不值得一做；某个人有悖于我的心胸，我就觉得他不值得一交；某种生活有悖于我的心胸，我就会以为它不值得一过。罗素先生曾言，对人来说，不加检点的生活，确实不值得一过。我同意他的意见：不加检点的生活，属于不能接受的生活之一种。人必须过他可以接受的生活，这恰恰是他改变一切的动力。人有了心胸，就可以用它来改变自己的生活。

中国人喜欢接受这样的想法：只要能活着就是好的，活成什么样子无所谓。从一些电影的名字就可以看出来：《活着》《找乐》……我对这种想法是断然地不赞成。因为抱有这种想法的人就可能活成任何一种糟糕的样子，从而使生活本身失去意义。高尚、清洁、充满乐趣的生活是好的，人们很容易得到共识。卑下、肮脏、贫乏的生活是不好的，这也能得到共识。但只有这两条远远不够。我以写作为生，我知道某种文章好，也知道某种文章坏。仅知道这两条尚不足以开始写作。还有更加重要的一条，那就是：某种样子的文章对我来说不可取，绝不能让它从我笔下写出来，冠以我的名字登在报刊上。以小喻大，这也是我对生活的态度。

本书到这里，有三个原因导致我不得不停下来了。一是因为春节假期马上结束，我得开始工作了。因为一直觉得还有很多很有意思的事情等着我去做。所以这几年参差公司的摊子越铺越大，我有点应付不过来了，想尽快开始梳理，做减法，尽早把手上没有分出去的工作分给年轻人，而且得马上开始。二是因为这本书的书写方式对我来说难度极大，自知和小波的差距太大，一直这样把他的文字和自己的穿插在一起是种煎熬，能够唠叨这么多，已经是胆大妄为，非常不自量力了，至此我已经是竭尽全力、黔驴技穷了。三是因为觉得本书可能不会在大陆出版，所以想出了一个偷懒的办法，把以前在大陆发表的几篇文章塞进来，里面的想法都有小波式思维的影子，在这本纪念王小波的书里出现，也算是向小波致敬吧。

请笑纳。

小 的 是 美 好 的

"小的是美好的"，就这六个字已经让我觉得赏心悦目了，只可惜它们不是我的原创。1973 年，一个有先见之明的英国籍德裔经济学家舒马赫出了一本当时反潮流的书，书名就叫《Small is beautiful》，中译《小的是美好的》，当时在西方轰动一时。我看完之后，很有点激动，觉得对四十年后的中国也极具现实意义。

作者认为，资源密集型的大型化生产导致非人性的工作环境，经济效益降低，贫国与富国的差距拉大，资源枯竭和环境污染，人们应当超越对"大"的盲目追求，提倡小型机构、适当规模、中间技术等。作者提出的"中间技术"的理论，尤其值得推崇。所谓"中间技术"，有利于"创造工作机会"这一首要目标的实现；有效地利用本地资源；能增加劳动的愉悦，而不是把人变成技术的奴隶；经过适当培训，人人可以运用。正如甘地所说，大量生产帮助不了世界上的穷人，只有大众生产才能帮助他们。大众生产的技术正是这样一种"中间技术"。

真好，虽然我们生活的世界，问题总是层出不穷，但每当看到这些明白人充满智慧的话，还是喜欢点上一支烟，深吸一口，让浑身舒坦一下。好了，言归正传，借这个美好的标题，断不敢讨论深奥的经济学问题，倒是想"系统"地为参差咖啡馆为什么每一个都很小来狡辩一番。2007年一口气开了三个参差咖啡，都很小（要是开三个大的，估计我已经累死了），位于北京魏公村的参差咖啡面积35平方米（很袖珍），还带个洗手间；武汉水果湖的参差咖啡面积70平方米（觉得正合适）；汉口新世界国贸大厦背后的最大，约100平方米。可是，好心的朋友们第一次推门走进最大这间咖啡馆的时候，大多都面露惊讶，这么小！而我每次心里都在嘟囔，我还嫌大了呢。我知道朋友们的言下之意是，这么点儿地方，能坐几个人，每天撑死能卖出几杯咖啡呀，赚个什么钱啊！我知道大家都是好意，既然是好意，当然不便争论，不过我心里还会继续嘟囔，小的是美好的！尤其是咖啡馆！尤其是中国的咖啡馆！

咖啡馆不像餐厅，民以食为天，只要食物好吃有特色，有可能做到众口能调，大一点没什么问题。而咖啡馆的特点是主要靠氛围取胜，有很重的客群细分倾向。至少，到目前为止，仍然很少听说有人为了某种特殊味道的咖啡而非去某个咖啡馆不可，但是因为各种因人而异的原因钟情于某个咖啡馆的故事倒是很多。只是这样的聚集方式，通常只会形成一些小群体。小群体、小咖啡馆、小氛围，相得益彰。

去过几次巴黎，朝圣一样地去了好多次左岸。巴黎左岸，各色各样、各具特色的小咖啡馆林立，不同的人群聚集到不同的咖啡馆，哪怕是游客也有很多是做好功课直奔自己心仪已久的某某咖啡馆。很难想象，如果巴黎左岸只有那么几个超大的，动则数千平方米的巨型豪华大咖啡馆挫在那儿，我看谁还好意思总拿左岸说事儿。很明显的，在中国，人们对咖啡的需求大多数还没有达到生理需求的程度，多数还停留在心理需求的层面上。既如此，满足心理需求和一个大大的空间显然有些不沾边。人应该是参差多态的，也同时是具有社会性的，所以，每个人在保持个性、人格、思考等独立的同时，需要一个能和社会做心灵交汇的地方。这个地方可能办公室、教室、饭馆都不太合适，这样一个心有所属的地方，咖啡馆看起来是最适合的，而且是小小的咖啡馆。比如，每一间参差咖啡的吧台都正对着门，客人随时进来都不会被忽视。一声及时的"欢迎光临"，或者哪怕是一个微笑对视，会让客人迅速消除陌生感。在这个小小的空间，你可以自然安静地独处，不必担心有服务员在远处"关切的注视"；只要你愿意，你也可以成为这里的"主人"。在小小的咖啡馆里，即使独处也不会被忽视和遗忘。只要你愿意，你随时都能找到倾听者和交流者，比如和老板聊聊天。其实，老板可能早就等着你呢。于是，这样一个小小空间很快就可能变成了一个公共客厅。

当然，一个小小的咖啡馆想赚大钱的确有点难，如果你不怕累，那就多开几个好了。但是，千万别以为盈利的多少和咖啡馆的大小是成正比的！尤其别去开那种弥漫着煲仔饭味的伪而大的咖啡馆！你见过不喝咖啡的老外吗？巴黎咖啡人口是咱们这儿的 N 倍，人家怎么没人弄出几个超级咖啡 MALL 或者 PLAZA 什么的呢？足以见得，咖啡馆注定应该是小的。接下来，请看我也来个经济学方式的狡辩吧：在中国，咖啡不是每个人的必需品，喝咖啡的人群还在培养，我们不能奢望咖啡馆总是位置不够坐。所以，咖啡馆越小，氛围越好营造。当然最重要的是，咖啡馆越小，租金就越低，人工水电等开支当然也越少，这样一来最大的好处是，经营压力就小了，压力一下，心情自然就轻松。要么不请人，自己雇自己，最多一两个员工，也摆不起老板架子，没客人的时候，就自得其乐地东弄弄西弄弄，把咖啡馆弄得越来越有情调。客人来了，自然是心平气和，笑容十分自然。我就不相信伪而大的咖啡馆，一旦客人稀稀拉拉，服务员比客人还多，一旦连续几天连水电人工都保不住，老板迎客的笑容不是挤出来的。

"扶贫使者"李银河

　　著名社会学家李银河来武汉扶贫了。以前不认识的时候，每次在网上看到有人骂她，只是有些同情。后来接触，认识了，知道她的确是个善良、真实的好人（不认识的时候其实也能判断出来，因为我对王小波找老婆有信心）。再看到她被骂，感觉开始不平和心疼。"扶贫"扶到被骂，而且被骂得难听，我替她不值。

　　前两年，李老师被媒体评选为中国新锐人物。见到李老师的时候，我没有祝贺，反而表示了担心。原因是我觉得李老师作为一个社会学家，说了些常识而已，因为说出常识竟然被认为新锐，我想不是件好事，背后一定藏着很深的误解。举个例子，李老师已经解释了一万遍了，说某人有权利做某件事，并不等于鼓励他一定要去做这件事情。如果你担心多数人没有判断能力，在被人告之有这样那样的权利之后，原本不想做也会开始去尝试，进而社会肯定会因此大乱，就把讲出常识的人当成罪魁祸首，那我觉得你犯了一个常识错误。

人不是鸡禽，瘟疫来临，难道也要集体扑杀吗？可现实中，我们总有些人不仅自我扑杀意识非常强，还总是把别人都当成鸡禽，没有判断力，总认为一些社会现象打死也不能说出来，一说出来就会变成人人参与。放心吧，我可以肯定地告诉你，连一些基本常识都闹不明白，就算你想，也没人愿意跟你来那一夜什么。社会混乱，不是群众知道得多了，恰恰是因为知道得太少，太无知。

在我看来，李老师就是在为常识贫乏的人"扶贫"。我没有她作为一个社会学家的社会责任感，私底下劝她别讲了，吃力不讨好，尤其她研究的性问题又那么敏感。这次李老师来武汉谈"艳照门"背后的法律思考，又很勇敢，值得钦佩。"艳照门"一出来，社会上要么狂欢，要么对世风很绝望，看法两极化相当严重。不光是"艳照门"，我们这里看很多问题都是两极化，一个人不是道德高尚就基本是个下三烂，不是我方阵营的，就是"敌对势力"，这未免太过简单粗暴了吧。老实说，"艳照门"

的艳照我也看了，想法只是陈冠希太不小心了，以后大家都要吸取教训，包括我自己。所以，我到底是高尚还是下三烂呢？我自己都说不清楚，也轮不到别人指指点点。

我自己的体会是，人是善恶同体。我就喜欢说自己是一个想变成好人的坏人，做了坏事良心会不安，但不敢保证以后不做；做了好事也不指望人家夸我，我可不想被绑架成一个纯粹的好人，那样我觉得累。

在中国，性这个东西只能做不能说，明明人口第一，说明做爱也没比别人少做。既然是人的需求，属于社会现象，就应该拿出来研究，研究成果本身是客观的，没有好坏之分。但社会上就有很多人，一天到晚假正经，只要是关于性的话题，听也没听，看也没看，本能地自己飘到很高很高的高处冲下漫骂。骂了那么多年也没能阻止"世风日下"，可见毫无建设性。

记得有一次，好像把李老师说服了，她说以后要注意自己的生活质量，闲散起来，尽量少些社会活动。没想到，才几个月，又跑出来挨骂来了，这可能是她这代人的宿命吧，责任感强，我不得不佩服和尊敬。

补充一下，这篇文章是五年前写的，最近五年的观感是情况有明显的好转，在李老师微博上看到很多年轻人用微博问答的方式提问，大家对性的问题好像没有那么讳莫如深了。问的问题五花八门，有些还超过了我的想象，讨论起来自然而且自如。这充分说明凡事一经摆上台面公开讨论，就离接近常识不远了。

没问题，就会出问题

《纽约时报》曾经刊登过美国的婚姻专家开列出的婚前必提的 15 个问题，我逐条看下来，不禁打了个冷战，别说 15 个问题了，我当初想都没想过要问什么问题。而且就算当时哪位智者帮我理出这些问题，我想我也会不屑一顾地跟他说："里面的很多问题都不是什么问题，只要有爱，一切都能解决。"可是，实际情况通常是，爱很美好，但爱本身是解决不了什么问题的，相反，问题不管提不提出来，始终都还是问题，时间一长，倒是可以把爱解决掉。所以如果再有机会，这 15 个问题我一定要和对方好好探讨一下（见本文结尾的附注一）。

可是，我们真的理性到了可以互相询问诸如"我们永远不会因为婚姻放弃的东西是什么"这样一类问题吗？如果这个问题真问出来了，会不会有异口同声地呐喊扑面而来："要结婚当然得放弃很多，比如自由，你既然选择婚姻，就应该放弃自由，都要结婚了，怎么还能叽叽歪歪地整出些什么永远不能放弃的？既然这样，那就甭结了。"斗胆设想一下，在中国，如果每对情侣都逐条互问一遍这 15 个问题，估计没几对能结得成婚。可是冷静想一想，这些其实都是很好的问题呀，如果事先问了，之后问题就算出现了，也就有了思想准备，没有过大的落差和失落感，甚至可以有办法避免问题的出现；再如果，确实分歧太大，触碰到对方的底线，那么不结婚就是最大的避免伤害和互相保护了。

受《圣经》的影响，西方人坚信人是不完美的，是脆弱的，是时常会犯错的，所以凡事都丑话说在前头。这里面也还有一个信仰是，大家只要应得的，不指望超预期的回报，因为那很可疑。在这样的文化背景下，这 15 个问题的出现可操作性应该是比较强的，要不《纽约时报》也不会拿出来晒。可我们这里情况还真不一样，不爱提问，好像也是中国式教育的硕果之一，咱们喜欢说兵来将挡，水来土掩，事情到头上来了再说。殊不知，这到时候再说，相当于时时把自己置身于危险的境地，不过当事人恰恰往往感觉不到危险的存在，或许他们都认为自己将会是那个最最幸运的人吧！

　　记得我高中那会儿，十七八岁的时候，有过一段对生命意义严重困惑的时期，说白了就是厌世。在生命无意义的迷茫趋势下，那段时间胆子变得特别大，做了很多危险的事情。当时的想法是，死没什么可怕的，因为活的意思不大。庆幸的是，当时的折腾和挣扎一直是和追问、思考纠缠在一起的。在反复追问之下，我从隐隐约约到逐渐清晰地对自己提出了两个问题，一个是"我是什么"，一个是"我要什么"。而对这两个问题的努力作答，贯穿了我直到现在的生命全过程。更加幸运的是，从答案初成到现在，十年来保持着基本的一致性，这种一致性我想就是价值观吧，而价值观的重要性是不言而喻的。

　　人一辈子会遇到很多问题，问题不会因为没有被提出而不存在。我的想法是，总提不出问题，肯定会出大问题。著名的普鲁斯特问卷由一系列问题组成，问题包括被提问者的生活、思想、价值观及人生经验等。因《追忆逝水年华》而闻名的作家马赛尔·普鲁斯特（Marcel Proust）并不是这份问卷的发明者，但这份问卷因为他特别的答案而出名，因此后人将这份问卷命名为"普鲁斯特问卷（Proust Questionnaire）"。相比我给自己提出的两大严肃问题，这个问卷轻松很多，更像是一个游戏。推荐给大家是因为，不断地提问，用心地作答，在我看来既有乐趣，还可以在一问一答之间顺理出自己的价值观，活得越来越像个人的样子。祝各位从下面的问卷开始，常惑常问。

普鲁斯特问卷：

1. 你认为最完美的快乐是怎样的？

2. 你最希望拥有哪种才华？

3. 你最恐惧的是什么？

4. 你目前的心境怎样？

5. 还在世的人中你最钦佩的是谁？

6. 你认为自己最伟大的成就是什么？

7. 你自己的哪个缺点最让你自感痛恨？

8. 你最喜欢的旅行是哪一次？

9. 你最痛恨别人的什么特点？

10. 你最珍惜的财产是什么？

11. 你最奢侈的是什么？

12. 你认为程度最浅的痛苦是什么？

13. 你认为哪种美德是被过高评估的？

14. 你最喜欢的职业是什么？

15. 你对自己的外表哪一点不满意？

16. 你最后悔的事情是什么？

17. 还在世的人中你最鄙视的是谁?

18. 你最喜欢男性身上的什么品质?

19. 你使用过的最多的单词或者词语是什么?

20. 你最喜欢女性身上的什么品质?

21. 你最伤痛的事是什么?

22. 你最看重朋友的什么特点?

23. 你这一生中最爱的人或东西是什么?

24. 你希望以什么样的方式死去?

25. 何时何地让你感觉到最快乐?

26. 如果你可以改变你的家庭一件事,那会是什么?

27.如果你能选择的话，你希望让什么重现？

28.你的座右铭是什么？

附注一:《纽约时报》登出的美国婚姻专家开列的婚前必问的 15 个问题:

1.我们要不要孩子？如果要，主要由谁负责？

2.我们的赚钱能力及目标是什么？消费观及储蓄观会不会发生冲突？

3.我们的家庭如何维持？由谁来掌握可能出现的风险？

4.我们有没有详尽地交换过双方的疾病史？包括精神上的。

5.我们父母的态度有没有达到我们的预期？会不会给足够的祝福？如果没有，我们如何面对？

6. 我们有没有自然、坦诚地说出自己的性需求、性的偏好及恐惧?

7. 卧室能放电视机吗?

8. 我们真的能倾听对方诉说,并公平对待对方的想法和抱怨吗?

9. 我们清晰地了解对方的精神需求及信仰吗? 我们讨论过孩子将来的教育模式和信仰问题吗?

10. 我们喜欢并尊重对方的朋友吗?

11. 我们能不能看重并尊敬对方的父母? 我们有没考虑到父母可能会干涉我们的关系?

12. 我的家族最让你心烦的事情是什么?

13. 我们永远不会因为婚姻放弃的东西是什么?

14. 如果我们中的一人需要离开其家族所在地陪同另一人到外地工作，做得到吗？

15. 我们是不是充满信心面对任何挑战使婚姻一直往前走？

第 三 类 关 系

"The third place"（第三去处），是美国经济学家通过星巴克现象总结出的一个经济学理论，意思是人们除了办公室和家之外还需要一个第三去处。星巴克无意中满足了这种需求，于是发展迅猛。而对第三去处现象的研究将可能创造更多的商机。

参差咖啡到 2012 年也有五年了，咱们没有那么厉害能引起经济学家的注意。不过我倒是从参差咖啡的现象和我自身的感受想斗胆提出一个有中国特色的社会学理论，那就是第三类关系。参差咖啡将致力于成为中国人发生第三类关系的空间和场所的典型代表。这事儿可大发了。先来看我说得有没有道理吧。

我们都知道，人一生下来就会有两种人际关系，一种是有血缘的，一种是无血缘的。无血缘的人际关系有很多种，什么同学关系、战友关系、好朋友关系、普通朋友关系、男女朋友关系、同事关系、生意关系、雇佣关系等。不难发现，纠缠咱们中国人一生时间最长的主要只有两类关系：一是血缘关系；二是利益关系。无血缘关系的多样性被严重挤压了。甚至我见过一些人除了这两种关系就没有第三种了。按理说小学同学关系算是没有利益关系的第三种，因此如果这种关系还保留着的，基本都非常珍贵。大部分情况下，中国人一旦离开校园进入社会，还是只剩下血缘和利益关系两种了。之后的几十年基本也就在这两种关系中纠缠了。

为什么老是用"纠缠"这个词呢，血缘关系带来的是亲情怎么能说是纠缠呢？没错，血缘关系当然是亲情，从中可以获得很多的欢笑和爱。但是在中国这个保障制度不健全的社会里，血缘关系带来的也是责任和压力。"我为了你都怎么怎么怎么了，你还不怎么怎么怎么"，这是一个比较典型的父母对子女、老公对老婆孩子的常用语，里面浸透着压力和无奈。再说利益关系，用在血缘关系里连我都有点不太自在的"纠缠"一词，用在利益关系里就再合适不过了。大部分人穷极一生都是在忙着建立利益关系，还乐此不疲，认为这是人生目标和价值所在。没有利用价值的关系不叫关系，没有潜在利益关系的关系，花一分钟都嫌多。不知不觉这两种关系耗尽了我们的生命，我们只能怀恋小学时候的那种没有血缘、没有利益的关系是多么美好。

其实，我想说的第三类关系不是什么新鲜东西，就是学生时代的那种没有血缘、没有利益的纯真的同学、朋友关系。可是大家还记得吗，这样的关系是多么美好呀。没有压力，只有真实淳朴的快乐，没有利益，只有互相欣赏和帮助，大家志趣相投可以无话不谈。

人是社会性动物，我们其实都需要这种第三类关系。难道离开校园，进入社会，这第三类关系就无处可寻了吗？不，我发现了，在咖啡馆里。最近几年在别人的咖啡馆，在我自己的咖啡馆，我已经有了很多并不知道职业，甚至不知道姓名的第三类关系。这种关系的特征是，大家常常在同一间咖啡馆相遇，价值观接近就多聊会儿，价值观相悖就少说几句。大家基本不过问对方的职业，互相笑称咖友。有时候大家相约一起看电影AA制，一起吃饭AA制，一起郊游AA制，一起打球AA制，集合的地点通常就在咖啡馆里。这难道不就是久违了的第三类关系吗？这样的关系，没有压力，合得来则玩在一起，反之可以随时回避，不存在任何利益关系。这才是最令人舒服的人际关系啊！

咖啡馆是出现第三类关系的最佳场所。至少到目前为止，我生活里交往频繁的朋友都来自咖啡馆，反而之前存在利益关系的那些对象很少出现在我的生活里了。当然我的情况可能有些特殊，不过，在咖啡馆里建立一些第三类关系，难道不是对前两种关系的一个很健康的补充吗？要知道，只有前两类关系，少有第三类关系，生活是不完整的，甚至可以说是可怜的。

也不知道说清楚没有，反正我觉得，咖啡馆在中国一定会越来越多，越来越能够成为第三类关系产生的空间和场所。至少参差咖啡现在就是这样一个地方，也许也正是这个原因，参差咖啡才歪打正着地发展得越来越好吧！如果我在这里没有说清楚，那就等着以后真正的社会学家来从参差咖啡现象分析出一个中国人的第三类关系理论吧！

答 案 在 过 程 中 飘 荡

1962 年，鲍勃·迪伦（Bob Dylan）用他特有的沙哑嗓音演绎了一首忧伤的曲子 *Blowing In the Wind*，即答案在风中飘荡。因为睿智的歌词，这首歌曾入选美国大学教材，被选作《阿甘正传》的主题曲，也成为时时提醒人们自醒的名作。一种冷峻的思考通过歌者那散漫的演唱流淌出来。一把吉他，一只挂在脖子上的口琴，真正的破嗓子，还有乱糟糟的发型，让人不得不喜欢他粗糙随意的风格。如果你喜欢鲍勃·迪伦，记得这首歌，你可以哼着"How many roads must a man walk down, before they call him a man"，听我借用 "The answer is blowing in the wind" 这一名句，道出今天的主题："The answer is blowing in the process（答案在过程中飘荡）"。

写东西东扯西拉已然是我的一大特色了，这个关于鲍勃·迪伦的开头已经放了好几天，直到要截稿了，情绪已经大不一样了，明明是想论证我一直坚信的过程与结果的逻辑关系，现在根本不知道从哪儿开始了。而通常这个时候，也只有被我视为一生挚友的书籍能够帮我了。电脑边一直有一本书《杰斐逊——设计美国》，读这本书一直断断续续，视为享受。今天又看到它，注意到封底上有这么一段话："为什么？为什么？为什么成功的总是美国？……读罢此书，一切都会明白，一切尽在不言中……"书里写了什么？一个国家几乎不可逆转的持续强大怎么就可以一切尽在不言中呢？如果这么简单的话，中国人何等智慧聪明怎么可能不明白？可是，如果明白了，我们又为什么在前行的时候总是步履蹒跚呢？

　　此书于我来说，是欣赏，不是学习，每次翻开都能享受到人类智慧光芒的呈现。我完全相信，美国的成功其实真的就是那么简单，简单到就是因为一个简单的文本，甚至就是其中的一句话成就了美国。这个文件当然就是《独立宣言》了，而这个文本的核心就是"人人生而平等，每个人都拥有生存权、自由权和追求幸福的权利"。纵观世界，凡是实现或者接近实现这个简单的价值理念的国家和民族，都是有幸的，反之则是不幸和苦难的。正如林肯所说："一切荣誉都归于杰斐逊，这个人在为民族的独立而斗争的紧急形势下，以冷静的态度，深邃的预见性及明智的头脑，把适用于一切人及一切时代的抽象真理写进一个单纯的文本之中……"所以，很显然，美国今天的成功早在两百多年前就已经注定了，不是天赐，不是运气，是美国人民一直遵循着一个简单的共同信念，始终行进在追求每个人的生存权、自由权和追求幸福的权利的过程中。而结果，一个幸福美好的未来，永远在前面恭候着这一群有信念的人，就如同宿命一样。用这么一个人类历史上最伟大的成功来诠释我想说的"The answer is blowing in the process（答案在过程中飘荡）"简直是杀鸡用了牛刀！

还有，请注意，是两百多年前，杰斐逊游历欧洲的时候，给当时哈佛大学校长的一封信里写道："我们已经贡献出我们的壮年时代为他们（哈佛学子）赢得了十分幸福的自由生活。让他们贡献出他们的青春来证明自由是科学和美德的伟大源泉，证明一个国家越自由，在科学和美德这两方面也就总是表现得越伟大吧。"看到这段充满理想主义、热情洋溢的话，我深吸一口长气，看看现今的美国，杰斐逊的理想如今早已成为事实。静下来想想，这难道不正是答案早早已经隐藏在一个美好过程中的很好证明吗？早些年，我也看不到这样的隐藏，太注重短期的所谓阶段性目标的达成，紧盯着一周，甚至每天的得失，这样纠结的过程势必导致过程中的厌烦和狂躁。而这些看似情绪而无关方向性的消极因素，正在不知不觉地侵蚀着你的信念，忘记出发的原点和理想的方向，失败其实也隐藏在过程中了，即使成功，你得到的也不是原来想要的了。回忆一下，我最近几年的生活，无不证明着美好的过程必然导致美好的结果。2007年开始分布在北京和武汉的每个参差咖啡馆如今都开始有了收益。如果你要问我怎么做到了，我一定给不出什么秘籍。我只知道，我喜欢待在我的咖啡馆，我每天都其乐融融，偶尔远行，回到武汉都会急急忙忙背着行李直接回到咖啡馆，而不是回家。

写下这些，心情平静了很多，我知道这篇文字此时此刻像是一次说服，不论被不被同意，我想用杰斐逊的一句话来勉励一下自己。他说："在我的一生中，我从来没有见过一个辩论者是通过争吵来说服别人的，说服力是我们平心静气地进行推理的结果，可以一个人单独地进行思索，也可以大家一起来琢磨别人讲的话有没有道理。"

2012 快点来吧！

寒冬腊月，逃离拥挤寒冷的武汉，飞到三亚，躺在亚龙湾的沙滩上，沐浴着温暖的阳光，清新的海风拂面，舒坦得一塌糊涂。因为答应了这篇稿子，所以，躺在这儿应邀思考一下关于人类可能即将毁灭的问题，如此反差，是不是有点滑稽？不过话说回来，正因为这种反差，此情此景，此时此刻的思考其实更具深刻的意义：如果我现在饥寒交迫，心烦意乱，我一定有足够的勇气，轻而易举地大叫，2012快点来吧，死了算了！虽然那多半是恶劣情绪的爆发，并不真的想死和不怕死。

不过，令我自己也很意外的是，此刻，四仰八叉，舒服得不行的我，闭上眼睛，回想一番《2012》电影的场面，思考了一轮下来，竟然镇定自若地从心里冒出了同样的想法：2012快点来吧！

为！什！么！呵呵，我是这样想的：

首先，人类绝对是一种不见棺材不掉泪、甚至见了棺材都不流泪的不清白的动物。这一点听着不太顺耳，但是，人类自己已经反复自行证明了这一点，没资格反驳。印度的甘地说过，地球绝对能够满足所有人类的基本需求，但绝对满足不了人类的贪欲。是啊，本来像2012这样头痛的问题应该是我儿子的儿子的儿子的儿子去操心的问题，怎么会轮到我在这儿担忧呢？原因很简单，甘地说的没错，而且，人类因为其贪欲的不断被满足，变得越来越自大，毫无疑问这一越来越自大的过程就是在不断证明人类的渺小！既然人类都是渺小的，我这点担忧就显得更加渺小和无意义了。何况我此时温暖舒服，四仰八叉，2012来就来吧，如果此时毁灭之波从地球某个点向外扩散，我他×动都懒得动，至少死姿从容。

这么说，虽然是我此时此刻的真实想法，但毕竟有点不严肃。如何面对死亡是个大而严肃的命题，趁着现在舒坦、有空，我还是试着严肃认真地梳理一下，不为别人，自为自己梳理。我说2012快点来吧，绝对不是因为现在我极度舒坦而表现出一种傻×似的欲望得到满足后的毫无精神追求的无所谓，是因为传说中的 2012 人类毁灭，促使我开始思考如何面对死亡。而这种思考一旦有了结论，那么它和毁灭发生的概率有多大，什么时候会发生其实就没有什么关系了。

以下是我的结论：第一，不害怕，不焦虑，要从容。因为害怕没有用，不从容，万一不来呢，岂不是白焦虑了。第二，不回避，不纠结，要坦然。因为回避没有用，不坦然，难道你想剩下来的两年只干一件事，买彩票，盼中奖，然后去买一张挪亚方舟的船票？

这两点看似很简单，其实做起来还是有难度的。不会面对死，就不会面对生！说面对死亡不害怕、不回避，其实就是说面对生活里的问题和困难不害怕、不回避。面对生做不到的，面对死一定也做不到！说到我自己，我自认为，因为阅读、思考、实践的原因，我多少弄明白了如何面对生活。所以，我想，只要我是走在我想要的生活的那条路上，什么时候死就真无所谓了。注意，我说的是在路上就很好！因为我一向追求的梦想不是某一个时间节点的量化指标，是过程。使我快乐的也是这个过程。拿开参差咖啡馆这件事情来说，从开第一间开始，我从来没有替自己设定一个什么量化的目标。开一间也好，十间也好，只要我量力而行地开着咖啡馆就行。再准确点说，就是"开着咖啡馆，有自己的咖啡馆可以泡"就让我觉得很幸福。多开了几家，幸福感不会因此增加太多。有时候因为多了，反而不太省心。幸福感是多了还是少了需要探讨，我倾向于实际上是增减持平了。之所以开了这么多，都是机缘巧合和我感觉到的社会需要，我在这里可不是唱高调，本来嘛，那么多咖啡馆，我不可能每天都泡到。当然了，虚荣心得到些满足我还是承认的。

最后，可以预见的是，2012，大难如果真的来了，以我现在的作息时间，我多半要么是在睡梦中，要么就是在我的某一个咖啡馆里，做着我平时喜欢做的，喝咖啡、打盹、闲聊……此刻，2012来吧，把时间凝固吧，我没意见！再最后，2012快些来吧，说的不是我想死，而是不怕死！当然，生不如死还是怕的！所以离开三亚，我还得继续寻找有趣的事情去做。

光 阴 的 故 事

很喜欢一首英文歌 *Lazy Afternoon*，翻译成中文可以叫"慵懒的下午"。初学英文的人如果直译过来就是"懒的下午"，听过这首歌的人就知道这样简单的直译肯定是错了。"懒"字在中文里一直不太光彩，可是变成慵懒之后突然就变得让人艳羡了，那种舒坦、满足、悠闲、惬意的样子跃然纸上。

在咱们这个人口众多的发展中国家，提高"生活质量"比较一目了然而且好操作的办法是忙碌。"慵懒"这个词几乎就只能用来翻译这首英文歌名或者用来形容那些老牌资本主义国家先富起来的幸运儿们了。我喜欢这首歌自然也是因为羡慕这样的状态，觉得离自己很远。没有想到的是，三年前，就在我忙得心力交瘁的时候，我竟然发现慵懒就在离我家不远的一个二十平方米的小咖啡馆里弥漫，这个地方甚至连一个咖啡馆都谈不上，名叫西北湖咖啡豆专卖店。而且一问才知道，我们这位来自台湾、慵懒的主人何先生来到武汉守着这个有点寒酸的小店已经4年了，每天不仅下午慵懒，上午也慵懒。更让我受刺激的是，这位老兄就这样"虚度光阴"三年多，生意也没见什么起色，竟然看不出他着急。如果午饭后来喝咖啡，一定见不到他，他肯定在洗手间旁边的小角落，午睡！晚上人家的店都熬呀熬希望多做点生意，可他倒好，晚上九点要请客人离开，准时打烊。我曾经一度发挥儿时的想象力，认为何先生乃台湾间谍的可能性极高，他凭什么守着个不太可能赚钱的破店不着急啊！组织提供经费？

后来去多了，慢慢侦查到一些准确的信息。2001年，何先生因为祖籍武汉的缘故来到武汉。按他的说法，他大概是最早从台湾到内地从事咖啡豆烘焙，出售新鲜咖啡豆，顺便让客人只花十块钱品尝现磨咖啡。他非常清楚，注重品质和咖啡精神，不一味追求环境的小咖啡馆，在内地推广是需要时间的。而且，根深才能叶茂，明知道要守，何不轻轻松松地守，焦虑于事无补的啊！

感谢上帝、真主、如来、观世音菩萨，还好我还有那么点悟性，认识了慵懒的何先生之后，我一下子顿悟了。他店里墙上贴了一句话："一个人之所以幸福，不是因为他拥有得多，而是因为他要求得少。"这样的道理不仅仅是写在墙上让人点头称是的，道理只有你选择之后才是道理。其实想来一个慵懒的下午，容易！只要你选！

从此以后，我成了这里的常客，一本书，一杯咖啡，一个下午，我开始变得越来越懒。在随后的两年里，这个小而温馨的咖啡馆里，客人越来越多，常常人满为患，这里成了偶尔偷懒的好去处。更有一些像我这样想长期慵懒下去的人纷纷从这里走出去，学着开了自己的咖啡馆。虽然没有统计和细致的调查，但几乎可以肯定，武汉最近两年涌现出来的几十家甚至上百家小咖啡馆，绝大多数都受了何先生的影响。他用了7年，也就是2600多天的悠闲生活，漫不经心地给我们讲述了一个关于咖啡生活的光阴的故事。

他来自台湾，可能不知道内地动不动就脱口而出的"坚持就是胜利"这样一类透着无奈和悲壮的口号式语言，他只知道他喜欢咖啡，也喜欢有人分享他的咖啡。他不是在坚持，而是在享受。他每天都很舒坦、满足，他要求的不多，不要什么胜利，只要一种自己认可的生活。但就是这样，他漫不经心地改变着武汉。以我四处出差旅行的观察，毫不夸张地说真正的小咖啡馆氛围，武汉在全国大城市里一定是走在前面的，慵懒在越来越多的地方弥漫，这一切，有咱们这位来自台湾的武汉人——何先生的功劳！

我 的 闲 言 碎 语

王小波对我的影响，从我这几年在微博上的言论也可见一斑。以下是从我的新浪微博上挑出来的一些闲言碎语，虽然有滥竽充数的嫌疑，但多少能检验一下小波在我身上的威力吧。请看：

1.如果没有一杯咖啡，我的一天就没有开始；如果没有翻几页书，我这一周就忐忑不安；如果没有已经完成和正在计划的远行，我这一年就白老了！

2.以诚待人是对自己好，因为这样做人简单轻松，别人是否以诚待我就变得不那么重要了。

3.人生是经不起换算的，算来算去就什么都做不了了，最后只能死在原地，白来世上一遭。

4.不可忘记用爱心接待客旅，因为曾有接待客旅的，不知不觉就接待了天使——《希伯来书》每一个小的参差咖啡馆门口都写了这句话。

5.读书又不是应付考试，它首先是一个愉悦的过程，是打发时间的好方法。所以读了就有收获。至于过目就忘，那其实是功利式读书这一惯性思维导致的心理压力和假象。你其实没有忘记，读过的东西都会潜藏在你脑子里的某个地方，迟早有一天会冒出来的。

6.斯蒂芬·茨威格，奥地利作家，这样来形容咖啡文化：

"咖啡馆始终是一个接触和接受新闻的最好场所。要了解这一点，人们必须首先明白咖啡馆是什么。事实上，咖啡馆是一个在世界上任何其他地方都找不到的文化机构，是一个民主俱乐部，而入场券不过是一杯咖啡的价钱。"

7.参差之名来自英国大哲学家罗素的一句话："参差多态乃幸福本源。"但这句话我是从王小波的书里看到的。是小波的书给我打开了一扇窗，通过这扇窗子，我认识了罗素、卡尔维诺、杜拉斯、罗曼·罗兰、福柯、奥威尔……也开始理解参差多态才是美。

8.你必须承认，错过是你一生的常态。当你绞尽脑汁，心力交瘁，气喘吁吁，汗流浃背，真心为了生存，和更好的生活又打又拼的时候，其实你已经错过了真正的好的生活！你只是在一个并不属于你的坑里自生自灭！可是，一旦你上路了，整个世界都在等着你，虽然还是会错过，但是好心情会一直跟着你！

9.旅行也要学会随遇而安，淡然一点，走走停停，不要害怕错过什么，因为在路上，你就已经收获了自由自在的好心情！切忌过于贪婪，恨不得一次玩遍所有传说中好景点，累死累活不说，走马观花反而少了真实体验！要知道，当你一直在担心怕错过了什么的时候，其实你已经错过了旅行的意义！

10.回家是为了下一次旅行的休整！因为回家虽好，但终归是找不到旅行让人感受到的那种自由！自由！自由！

11.如果你不努力去发现有趣，那么空虚、无趣和无聊，甚至虚无，很快就会填满你的脑子！弥漫你的生活！

12.如果爱是一个圈，会循环传递，那么恨和厌恶就是一张交错如麻的大网！如果掉进去就很难挣脱出来，伤人伤己，无限蔓延！所以，要时刻警惕自己掉进恨的大网！

13.快乐指数＝你通过努力所做到的／你对自己的期望。期望越低，快乐指数就会越高！我对自己的期望一直很低，所以快乐指数就总是很高。你呢？对自己的期望越高，小心你的快乐指数哦！

14.读书应该是一生的事，越来越多的咖啡书屋出现，提供了人们乐于随时阅读、终身阅读的硬件和环境！某种意义上，这样去鼓励阅读，在现在这个社会环境下更有效率！

15.与其拼命赚钱，然后再花大钱去买快乐，还不如，直接把快乐就当成利润！与其左顾右盼、环顾四周渴求他人认同，还不如，关注内心，让快乐由心而生！

16.参差咖啡是有价值观的咖啡馆，我们崇尚慢生活，认为发展要理性，不必超越人的正常承载；我们相信阅读是城市文明的显著特征和标志，希望生活的城市越来越美好，所以我们鼓励阅读，而鼓励阅读最好的方式就是提供一个又一个咖啡和书香交织的空间，绝对不是在交通要道竖起一块块强势的某日报电子大屏幕！

17.孩子首先是一个独立的人，其次是你的朋友，最后才是亲子关系。这个次序很重要！中国的很多家长通常是倒过来的，自始至终把孩子当成私产，以为对孩子拥有无限权利！这是自私而且有害的！

18.If you have no idea for fun, please read！如果你懒得读书，那就躺着发呆吧，千万不要去做任何事，因为那多半是蠢事、傻事！

19. 能够陪伴你一生的，当然不是你的父母，也不是你的伴侣，更不是你的孩子，唯有你的兴趣和爱好将忠实地陪你到死！所以还没有发现你真的喜欢得难以放手的爱好，要赶紧啊！否则你注定孤独终老！

20. 人们之所以觉得无聊，完全是因为现实得只看着眼前这点虚幻的安稳和蝇头小利，他们不相信好奇心能把人引向未知但美好的未来！

21. 如果循规蹈矩，随波逐流，活在别人的期望中也是那么累而憋屈，那为什么不坚持自我，为自己的梦想而活。你会发现，原来你以为很困难的选择，一旦选择了就海阔天空了！原来困扰你的人、事、物都变得无足轻重了，因为你已然没有时间庸人自扰，你Focus的只有你真正的兴趣爱好和你自己的生活！

22. 我大学时没有校园咖啡馆，想不务正业了就出校园鬼混。可是大学时候不鬼混难道要等毕业找不到工作了才去被迫瞎混？问题的关键还在于所谓鬼混也是会有收获的，而这种收获又是不敢鬼混的大多数们没有的，差异化的竞争优势往往就是这么来的！

23. 所谓大学，绝不是花四年学会一个谋生的技能，好将来出来换饭吃，那是技工学校！大学对我来说，是进入社会的缓冲阶段，是让各种兴趣恣意生长进而确认的最好时机，借此，我们能找到生活的方向，方向一旦明确了，就不怕慢慢来，慢就是快！方向不确定或者错误，快就是慢，越快越糟糕和危险！

24. 如果连眼前唾手可得的美好都不能感受和抓住，又怎么能够奢望美好的未来呢？难道未来就是你以为的将来的某个日子或某段日子，而今天是可以被忽略和放弃的吗？我告诉你吧：未来是由此刻、现在、由每一个今天组成的！

25.一般来说梦想最终没能实现，其实不是别的原因，一定只是梦想不够强烈！

26.改变自己就是改变世界的开始！能改变自己就足够了！如果你已经改变，并被人羡慕，那接下来的改变就可能可以期待了！因为担心自己的改变无足轻重而犹疑，正是我们文化里最可怕的东西！

27.记住，当一个男人为了你放弃尊严的时候，姑娘，你千万不要得意，因为这样的男人其实可能能够放弃一切，包括你！

28.只要过程美好而不纠结，美好的未来永远在前面等着你！不，事实上，应该是，美好的未来就已经在美好的过程中了！想用憋屈的、隐忍的、纠结的、痛苦的、超负荷的、苦逼逼的过程去换一个自以为的美好未来,那是极其愚昧的!而且肯定没有未来!因为未来其实就渗透在过程中!

29. 参差咖啡正在聚集着这种有自我教育能力的年轻人!他们认同参差多态乃幸福本源,努力地试图摆脱主流体系!我们一起快乐地做着自己喜欢的事情,而不是别人认为正确和应该做的事情,我们看似边缘,但我们离自己的心灵很近!我们会慢慢变成主流!所谓社会进步,就是边缘逐渐替代主流进而成为主流的过程!

30. 基督教告诉我们人是会死的,人是有限的!我的理解是:人不仅会病死、老死,人如果不意识到自己是有限的,还会把自己累死、怄死、逼死、比死、悔死、气死、纵死、忙死,各种自己把自己弄死!所以,随心所欲,学会放弃、服软,累了赶紧爬到吊床里来两杯咖啡,今日事已毕,明天自有明天的喜怒哀乐,由他去!

31.人类社会之所以能够曲折向前，正因为总有下一代人在不断纠偏！什么是不脑残？如果过来人永远正确，社会怎么进步？"90后"不一定关心政治，貌似没有责任感，但是，他们通过"关注个体生命的价值的实现"这样一个普世的起点，就一定能够在自己的生活中找到快乐，快乐前行的"90后"才是我们的希望！

32.这么多年来，我一直有买书的习惯，每当有无聊无奈的时候，就找本书来打发时间。如果不是这样，我几乎可以肯定，我一定会持续地在妄自菲薄和妄自尊大的两极跳来跳去。很幸运，现在的我知道，我是有限的，但是还能做一点事情，这样就够了，很好！

33.道理能作用于人们的思维和行为，需要按此道理行事而获得真正幸福的榜样！如果没有，那这道理就不成立，是假的，中国盛产这类假道理！我希望能成为一个按自己喜欢的方式生活，不妥协、不犹疑，一直幸福快乐的榜样！因为我正做着自己喜欢的事情，所谓的成功将只是这一快乐过程的副产品！不是目的！

34. 一定要做自己喜欢的事情，这个太重要了！因为如果你做着自己不喜欢的事情，即便终于赚到了很多钱，你就一定会去花钱买开心。而无数的事实告诉我们，开心是买不来的！花钱能买到的只是快感，不是开心！快感当然好，它符合人性。但是快感的叠加也还是不能等于开心！快感来自身体，持续的开心才是幸福和快乐，它发自心灵！

35. 迄今为止，我还没有发现除了阅读、旅行、思考之外能让内心充实和平静的任何方式！就算有，我想，那也只能在阅读、旅行、思考中寻得！

36. 好奇心是通向你真正爱好的桥梁，没有好奇心很难找到真正的爱好，没有爱好自然谈不上什么梦想！所以对世界充满好奇，少些世故，保持一颗童心吧！那不是幼稚，是天赐的智慧！一旦丢失，再难找回！

37.有梦想，正走在实现梦想的路上，不急不躁，不紧不慢，这种感觉真幸福！

38.总有记者问我开了这么多参差，最喜欢哪一间参差咖啡，我没有落入俗套地说"是下一间"。我会告诉他："曾有人问杜尚一生中最好的作品是什么？杜尚说：'是我度过的美好的时光。'"

做力所能及而且喜欢的事情，过程轻松愉悦就无所谓失败。如果一个人一直都很勤奋，艰辛加努力才能有所收获，那多半是入错行了。

39.天将降大任于斯人也，必先苦其心智，劳其筋骨，饿其体肤，空乏其身……我只有一个小小梦想，不堪大任。千万别苦着自己，别过劳，别饿着自己，更不可空乏，每天做点小事儿，挺好！君不见那些苦、劳、饿、空之后担了"大"任的人基本都变态了吗？每个人如能实现自己的小梦想就很好，任何大任都是扯淡！

40. 如果你有买书的习惯，难免会买到些不是很满意的书。没关系，别在意，搁洗手间里，坐马桶的时候随便翻翻就是了。毕竟，买书本身已经是对自己的一种奖赏，你当然不必因为不巧碰到太一般的书，而从此不再奖赏自己了！

41. 讨厌一个人，要把他当一口痰一样吐出去得了。千万不要去恨他，恨上了，那这恨就像一口痰瘀在了自己的肺里，伤身体！千万别以为你身体很好，能扛很久！

42.人类来自大自然，所以我们即使身处繁华，潜意识里仍能感受到现代文明的负面压迫——旅行，就是弥补现代城市生活缺憾的最好方式！要不我们怎么都喜欢说"出去散散心"呢。

43.没有人是一座孤岛，幸福感来自内心的充实，也取决于你生存的环境。就算我们生存的环境糟糕到如同粪坑，我们身陷粪坑而无法逃离，至少，我们可以试着把你身边力所能及的小小范围填平，填成一个小小的花园，哪怕很小很小！

44.出门就快乐，上路就开心。普罗旺斯是这次行程的目的地，但是竟然没有什么自己的照片，原因是，在那么舒服的环境下，我实在是懒得像以前那样随时背着照相机，到处一通乱拍。躺在户外的沙发上，呼吸着当地特有的空气，一手咖啡，一本书，时间就这样舒坦地流走，可惜吗？不可惜。

45."我要快乐"这个说法不太科学，说出来也常不太管用。应该常常对自己说："我可以快乐。"

46.如果你现在觉得自己和周围的人不一样，有点格格不入，那可能是个好兆头！

47.人的差异通常在于八小时之外：每一个人的时间都是一样的，没有读书习惯的人总以没时间为借口，而有读书习惯的人视书为空气和水一天也离不开！日积月累下来，一个如空壳一样四处飘浮，活得越来越茫然；一个精神世界日益丰盈，不再浮躁，活得越来越踏实。

48.350多年前，作为新场所的咖啡馆迅速征服了伦敦，以至于硬币便士在伦敦突然短缺起来，其中大部分都流入了咖啡馆老板的钱箱，老板们被迫铸造自己的代币，顾客可以用大钞票成把购买，每次喝咖啡时付上一枚！

49.有两个What你问过自己吗？——我到底是什么？我到底要什么？——很多人惰于思考，不认真审视和了解自己，结果常做些力不能及的事情；不了解自己，自然想要什么也就糊里糊涂或者不太靠谱，如此一来，就会老是觉得自己在白忙活。年复一年，这个人就会一直活在纠结和浑噩之中，毫无幸福感！认识自己，就不会怨天尤人；目标清晰，才可能知足常乐！

50.做自己，在我们这个社会看起来是件很难的事情，可是一旦你只会做自己，那一定是一种幸福。

51.信还是不信与试探无关！所以，不要试探，一试探，必背叛！试探的结果往往不是开始信了，而是更加不信！

52.当你愿意为一个人付出的时候，更幸福的是你！施之者比受之者有福！

53.如果连读一本书的耐心都没有了，怎么能读懂一个人呢？！

54.爱是一个持续欣赏TA的过程，如果你想改造TA，不如放弃TA！

55.不要逼你的男人戒烟，凡事顺其自然比较好！因为，他若是为你戒了烟，那不一定代表你威力大，只怕他还会为了别的什么戒掉你！

56.你当没当真，认不认真，无所谓！反正我当真了，而且很认真，这就够了！没有你的出现，我到哪儿去找这认真的幸福感觉呢？——送给情人节郁闷或者纠结的人们！

57.if…what…是个很有效的公式！每当你看到你所羡慕的成功案例时，有没有认真想想，他们已经耕耘了多少年，做过些什么，付出过什么！马上使用 if—what 吧，if 你想若干年后也能如何如何，现在你就应该开始：what 做些什么！

58.小的，是美好的；快乐，也是利润。

59. 让他们老谋深算，我就头脑简单；让他们蝇营狗苟，我就听从内心；让他们急功近利，我就脚踏实地；让他们言不由衷，我就坦诚直率；让他们瞻前顾后，我就言出必行；让他们怀疑一切，我就坚信本真；让他们贪得无厌，我就懒散知足；让他们升官发财，我，就想开间小小咖啡馆！

王小波语录精选

十年前，我的第一间参差咖啡馆一开始没有请人，自己守着咖啡馆。生意不好的时候我也闲不住，除了看书，我还把我喜欢的王小波的话整理出来，抄在小便签上，一句话一张，一张张编好号码，贴到咖啡馆门外的玻璃墙上，陆陆续续整理了一百多条，一字排开，有点小壮观。咖啡馆门口的小黑板上注明了，喜欢可以拿走。每天打烊的时候出门检查，都会有些纸条被客人拿走，于是就记下编号，第二天不忙的时候按编号再抄写出来贴出去。

又过了十年，大陆很多年轻人都已经不知道王小波是谁了，台湾恐怕知道他的人就更少了，读过他书的人应该就寥寥无几了，所以，我故伎重演，把原来整理的我称之为"小波语录"在这里再贴一遍，希望大家喜欢他的睿智和幽默。

刻意把每一条"小波语录"的文章出处都隐去。背后有不良的居心,那就是,要想找到出处,有可能的话,把小波留世不多的每一本书都找来看看吧。如果在台湾买不到,可以到"余波未了"咖啡馆去坐坐,那里有王小波的全部作品。而且每一部作品我都准备的好多本,你要是喜欢,可以选择"余波未了"咖啡馆的特别套餐,一杯咖啡加一本王小波的书,三百五十台币,因为我们没有经营书籍的资格,所以记住,小波的书是赠品哦。对了,地址是:台北罗斯福路三段128巷9号一楼。

小波语录:

1. 人的一切痛苦,本质上都是对自己的无能的愤怒。

2. 我把我整个灵魂都给你,连同它的怪癖,耍小脾气,忽明忽暗,一千八百种坏毛病。它真讨厌,只有一点好,爱你。

3.我选择沉默的主要原因之一：从话语中，你很少能学到人性，从沉默中却能。假如还想学得更多，那就要继续一声不吭。

4.你可以说我贱，但你不能说我的爱贱。

5.我的勇气和你的勇气加起来，对付这个世界总够了吧？去向世界发出我们的声音，我一个人是不敢的，有了你，我就敢。

6.什么样的灵魂就要什么样的养料，越悲怆的时候我越想嬉皮。

7.忽然之间心底涌起强烈的渴望，前所未有：我要爱，要生活，把眼前的一世当作一百世一样。这里的道理很明白：我思故我在，既然我存在，就不能装作不存在。无论如何，我要为自己负起责任。

8.只希望你和我好，互不猜忌，也互不称誉，安如平日，你和我说话像对自己说话一样，我和你说话也像对自己说话一样。说吧，和我好吗？

9.深思熟虑的结果往往就是说不清楚。

10.在我周围，像我这种性格的人特多——在公众场合什么都不说，到了私下里却妙语连珠，换言之，对信得过的人什么都说，对信不过的人什么都不说。保持沉默是怯懦的。

11. 一个人只有今生今世是不够的，他还应当有诗意的世界。

12. 你是非常可爱的人，真应该遇到最好的人，我也真希望我就是。

13. 不管我本人多么平庸，我总觉得对你的爱很美。

14. 不相信世界就是这样，在明知道有的时候必须低头，有的人必将失去，有的东西命中注定不能长久的时候，依然要说，在第一千个选择之外，还有第一千零一个可能，有一扇窗等着我打开，然后有光透进来。

15. 活下去的诀窍是：保持愚蠢，又不能知道自己有多蠢。

16.如果我会发光，就不必害怕黑暗。如果我自己是那么美好，那么一切恐惧就可以烟消云散。于是我开始存下了一点希望——如果我能做到，那么我就战胜了寂寞的命运。

17.虽然岁月如流，什么都会过去，但总有些东西，发生了就不能抹杀。

18.你要是愿意，我就永远爱你。你要是不愿意，我就永远相思。

19.人在年轻时，最头疼的一件事就是决定自己这一生要做什么。

20.一个人倘若需要从思想中得到快乐，那么他的第一个欲望就是学习。

21.似水流年是一个人所有的一切，只有这个东西，才真正归你所有。其余的一切，都是片刻的欢娱和不幸，转眼间就已跑到那似水流年里去了。我所认识的人，都不珍视自己的似水流年。他们甚至不知道，自己还有这么一件东西，所以一个个像丢了魂一样。

22.每个人的贱都是天生的，永远不可改变。你越想掩饰自己的贱，就会更贱。唯一的逃脱办法就是承认自己的贱并设法喜欢这一点。

23.一个人想象自己不懂得的事很容易浪漫。

24.真实就是无法醒来。不管怎么哭喊怎么大闹，就是无法从那样的梦中清醒过来，这就是现实。

25.一切都在不可避免地走向庸俗。

26.我不要孤独,孤独是丑的,令人作呕的,灰色的。我要和你相通,共存,还有你的温暖,都是迷人的啊！可惜我不漂亮。

27.绝望是无限的美好。

28.假如你真正爱过书的话，你就会明白，一本在你手中待过很长时间的好书就像一张熟悉的面孔一样，永远也不会忘记。

29.咱们应当在一起，否则就太伤天害理啦。

30.我时常回到童年，用一片童心来思考问题，很多烦恼的问题就变得易解。

31.告诉你，一想到你，我这张丑脸上就泛起微笑。还有在我安静的时候，你就从我内心深处浮现，就好像阿芙罗蒂从浪花里浮现一样。

32.所有无聊的事情都会衍生出很多细节让你觉得它复杂而有趣，投入其中而浑然不知其无聊的本质。

33.你生了气就哭，我一看见你哭就目瞪口呆，就像一个小孩子做了坏事在未受责备之前目瞪口呆一样，所以什么事你先别哭，先来责备我，好吗？

34. 别怕美好的一切消失，咱们先来让它存在。

35. 趋利避害是人类的共性，可大家都追求这样一个过程，最终就会挤在低处，像蛆一样熙熙攘攘……

36. 很不幸的是，任何一种负面的生活都能产生很多烂七八糟的细节，使它变得蛮有趣的；人就在这种有趣中沉沦下去，从根本上忘记了这种生活需要改进。

37. 我很讨厌我自己不温不凉的思虑过度，也许我是个坏人，不过我只要你吻我一下就会变好呢。

38.你好！做梦也想不到我把信写到五线谱上吧？五线谱是偶然来的。你也是偶然来的。不过我给你的信值得写在五线谱里呢。但愿我和你，是一支唱不完的歌。

39.有时候你难过了，这时候我更爱你。只要你不拒绝我就拥抱你，我会告诉你这是因为什么。就是我不知是为了什么。

40.人在年轻的时候，觉得到处都是人，别人的事就是你的事，到了中年以后，才觉得世界上除了家人已经一无所有了。

41.我现在不坏了，我有了良心。我的良心就是你。

42.一个人快乐或悲伤，只要不是装出来的，就必有其道理。你可以去分享他的快乐，同情他的悲伤，却不可以命令他怎样怎样，因为这是违背人类的天性的。

43.我和你就像两个小孩子，围着一个神秘的果酱罐，一点一点地尝它，看看里面有多少甜。

44.我赞成罗素先生的一句话："须知参差多态，乃是幸福的本源。"大多数的参差多态都是敏于思索的人创造出来的。

45.学习文史知识目的在于"温故"，有文史修养的人生活在从过去到现代一个漫长的时间段里。学习科学知识目的在于"知新"，有科学知识的人可以预见将来，他生活在从现在到广阔无垠的未来。假如你什么都不学习，那就只能生活在现时现世的一个小圈子里，狭窄得很。

46.什么排山倒海的力量也止不住两个相爱过的人的互助。我觉得我爱了你了，从此以后，不管什么时候我都不能对你无动于衷。

47.当一切开始以后，这个世界上再也没有什么让我害怕的事情了。

48.这世界上有些事就是为了让你干了以后后悔而设，所以你不管干了什么事，都不要后悔。

49.人和人是不平等的，其中最重要的，是人与人有知识的差异。

50. 我们的生活有这么多的障碍，真他×的有意思，这种逻辑就叫作黑色幽默。

51. 在古希腊，人最大的罪恶是在战争中砍倒橄榄树。在现代，知识分子最大的罪恶是建造关押自己的思想监狱。砍倒橄榄树是灭绝大地的丰饶，营造意识形态则是灭绝思想的丰饶；我觉得后一种罪过更大——没了橄榄油，顶多不吃色拉；没有思想人就要死了。

52. 什么都不是爱的对手，除了爱。

53. 口沫飞溅，对别人大做价值评判，层次很低。

54.只有那些知道自己智慧一文不值的人，才是最有智慧的人。

55.我爱你爱到不自私的地步。就像一个人手里一只鸽子飞走了，他从心里祝福那鸽子的飞翔。

56.要无忧无虑地去抒情，去歌舞狂欢，去向世界发出我们的声音，我一个人是不敢的，我怕人家说我疯，有了你我就敢，只要有你一个，就不孤独！

57.不管是同性恋，还是异性恋，对爱情的忠贞不渝总是让人敬重。

58.身为一个中国人，最大的痛苦是忍受别人"推己及人"的次数，比世界上任何地方的人都要多。

59.我认为低智、偏执、思想贫乏是最大的邪恶。按这个标准，别人说我最善良，就是我最邪恶时；别人说我最邪恶，就是我最善良时。

60.心胸是我在生活中想要达到的最低目标。某件事有悖于我的心胸，我就认为它不值得一做；某个人有悖于我的心胸，我就觉得他不值得一交；某种生活有悖于我的心胸，我就会以为它不值得一过。

61.恕我直言，能够带来思想快乐的东西，只能是人类智慧至高的产物。比这再低一档的东西，只会给人带来痛苦；而这种低档货，就是出于功利的种种想法。

62.祝你今天愉快，你明天的愉快留着我明天再祝。

63.我老觉得爱情奇怪，它是一种宿命的东西。对我来说，它的内容就是"碰上了，然后就爱上，然后一点办法也没有了。"

64.我的灵魂里是有很多地方玩世不恭，对人傲慢无礼，但是它是有一个核心的，这个核心害怕黑暗，柔弱得像是绵羊一样。只有顶平等的友爱才能使他得到安慰。你对我是属于这个核心的。

65.不过我认为你爱我和我爱你一边深，不然我的深从哪儿来呢？

66.人活在世界上，快乐和痛苦本就分不清。所以我只求它货真价实。

67.革命的意思就是说，有些人莫名其妙地就会成了牺牲品。

68.人活着总要有个主题，使你魂梦系之。

69.活在世上，不必什么都知道，只知道最好的就够了。

70.在一个喧嚣的话语圈下面，始终有一个沉默的大多数。既然精神原子弹在一颗又一颗地炸着，哪里有我们说话的份？

但我辈现在开始说话，以前说过的一切和我们都无关系——总而言之，是个一刀两断的意思。千里之行，始于足下，中国要有自由派，就从我辈开始。

71. 智慧永远指向虚无之境，从虚无中生出知识和美。

72. 知识分子最怕活在不理智的年代。知识分子的长处只是会以理服人，假如不讲理，他就没有长处，只有短处，活着没意思，不如死掉。

73. 质朴的人们假如能把自己理解不了的事情看作是与己无关的事，那就好了。

74. 有些人生活的乐趣就是发掘别人道德上的"毛病"，然后盼着人家倒霉。

75. 我总以为，有过雨果的博爱，萧伯纳的智慧，罗曼·罗兰又把什么是美说得那么清楚，人无论如何也不该再是愚昧的了。

76. 话语教给我们很多，但善恶还是可以自明。话语想要教给我们，人与人生来就不平等。在人间，尊卑有序是永恒的真理，但你也可以不听。

77. 爱到深处这么美好。真不想任何人来管我们。谁也管不着，和谁都无关。告诉你，一想到你，我这张丑脸上就泛起微笑……

78.你知道什么是天才的诀窍吗？那就是永远只做一件事。

79.竟敢说自己清白无辜，这本身就是最大的罪孽。照我的看法，每个人的本性都是好吃懒做，好色贪淫，假如你克勤克俭，守身如玉，这就犯了矫饰之罪，比好吃懒做好色贪淫更可恶。

80.智慧本身就是好的。有一天我们都会死去，追求智慧的道路还会有人在走着。死掉以后的事我看不到，但在我活着的时候，想到这件事，心里就很高兴。

81.我向来不怕得罪朋友，因为既是朋友，就不怕得罪，不能得罪的就不是朋友，这是我的一贯作风。由这一点你也可猜出，我的朋友为什么这么少。

82.别人的痛苦才是艺术的源泉。而你去受苦，只会成为别人的艺术源泉。

83.在生活的其他方面，某种程度的单调、机械是必须忍受的，但是思想决不能包括在内。胡思乱想并不有趣，有趣是有道理而且新奇。在我们生活的这个世界上，最大的不幸就是有些人完全拒绝新奇。

84.好的文字有着水晶般的光辉，仿佛来自星星，虽然我会死，可一想到死后，这条追寻智慧的路还有人在走，心里就很高兴。

85.请你不要不要吃我，我给你唱一支好听的歌。

86.思索是人类的前途所系，故此，思索的人，超越了现世的人类。

87.这世界上好的东西岂止是不多，简直是没有。所以不管它是什么，我都情愿为之牺牲性命。

88.事实上有很多这样的人：他们"明辨是非"的能力却成了接触世界与了解世界的障碍，结果是终身停留在只会"明辨是非"的水平上。

89.梦想虽不见得都是伟大事业的起点，但每种伟大的事业必定源于一种梦想——我对这件事很有把握。

90.人的成就、过失、美德和陋习，都不该用他的特殊来解释。You are special，这句话只适合于对爱人讲。假如不是这么用，也很肉麻。

91.永不妥协就是拒绝命运的安排，直到它回心转意，拿出我能接受的东西来。

92.我认为，一个人在胸中抹杀可信和不可信的界限，多是因为生活中巨大的压力。走投无路的人就容易迷信，而且是什么都信。

93.人家有几样好东西，活得好一点，心情也好一点，这就是轻狂。非得把这些好东西毁了，让人家沉痛，这就是不轻狂。

94.真理直率无比，坚硬无比，但凡有一点柔顺，也算不了真理。

95.我个人认为，一个社会的道德水准取决于两个方面，一是价值取向，二是在这些取向上取得的成就。很显然，第一个方面是根本。倘若取向都变了，成就也就说不上，而且还会适得其反。

96.在黑铁公寓里，尊敬就是最大的虚伪，虚伪就是最大的轻蔑。

97.假如我被大奸大恶之徒所骗，心理还能平衡，而被善良的低智人所骗，我就不能原谅自己。

98.对于这世界上的各种信仰，我并无偏见，对我坚定信仰的人我还很佩服，但我不得不指出，狂信会导致偏执和不理智。

99.她简直又累赘，又讨厌，十分可恨。但是后来我很爱她。这说明可恨和可爱原本就分不清。

100.真正的成就是自己争取来的，而不是分配的东西。

101.信心这个东西，什么时候都像个高楼大厦，但是里面却会长白蚁。

102.假设有一个领域，谦虚的人、明理的人以为它太困难、太暧昧，不肯说话，那么开口说话的就必然是浅薄之徒、狂妄之辈。这导致一种负筛选：越是傻子越敢叫唤。

103.在我们这个国家里，傻有时能成为一种威慑。假如乡下一位农妇养了五个傻儿子，既不会讲理，又不懂王法，就会和人打架，这家人就能得点便宜。聪明人也能看到这种便宜，而且装傻谁不会呢——所以装傻就成为一种风气。

104.我决不为了仪式爱你，我是正经爱你呢。我一正经起来，就觉得自己不坏，生活也不坏。真的，也许不坏？我觉得信心就在这里。

105.我的勇气和你的勇气加起来，对付这个世界足够了吧！

106.一个人活在这世界上第一要好好做人；第二不要惯坏了别人的坏毛病。

107.然而，你劝一位自以为已经明辨是非的人发展智力，增广见识，他总会觉得你让他舍近求远，不仅不肯，还会心生怨恨。

108.人生是一条寂寞的路，要有一本有趣的书来消磨旅途。

109.假设我相信上帝，并且正在为善恶不分而烦恼，我会请求上帝让我聪明到足以明辨是非的程度，而绝不会请他让我愚蠢到让人家给我灌输善恶标准的程度。

110.假如人生活在一种不能抗拒的痛苦中，就会把这种痛苦看作幸福。假如你是一只猪，生活在暗无天日的猪圈里，就会把在吃猪食看作极大的幸福，因此忘掉早晚要挨一刀。所以猪的记性是被逼成这样子的，不能说是天生的不好。

111.这辈子我干什么都可以，就是不能做一个一无所能，就能明辨是非的人。

112.我认为失恋就像出麻疹，如果你不失上几次，就不会有免疫力。

113.一般来说，扼杀有趣的人总是这么说的：为了营造至善，我们必须做出这种牺牲，但却忘记了让人们活着得到乐趣，这本身就是善；因为这点小小的疏忽，至善就变成了至恶……

114. 众所周知，人可以令驴和马交配，这是违背这两种动物的天性的，结果生出骡子来，但骡子没有生殖力，这说明违背天性的事不能长久。

115. 在我周围有一种热乎乎的气氛，像桑拿浴室一样，仿佛每个人都在关心别人，我知道绝不能拿这种气氛当真，他们这样关心别人，是因为无事可干。

116. 没有人的反抗，城市只是水泥林场。

117. 在中国，历史以三十年为极限，我们不可能知道三十年以前的事。

118.生活是天籁，需要静神聆听。

119.对于现代科技来说，资金设备等等固然重要，但天才的思想依然是最主要的动力。一种发现或发明可以赚到很多钱，但有了钱也未必能造出所要的发明。思索是一道大门，通向现世上没有的东西，通到现在人类想不到的地方。

120.我常听人说：这世界上哪有那么多有趣的事情。人对现实世界有这种评价、这种感慨，恐怕不能说是错误的。问题就在于应该做点什么。这句感慨是个四通八达的路口，所有的人都到达过这个地方，然后在此分手。有些人去开创有趣的事业，有些人去开创无趣的事业。前者以为，既然有趣的事不多，我们才要做有趣的事。后者经过这一番感慨，就自以为知道了天命，然后板起脸来对别人进行说教。

121.只能说：假如我今天死掉，恐怕就不能像维特根斯坦一样说道：我度过了美好的一生；也不能像司汤达一样说：活过，爱过，写过。我很怕落到什么都说不出的结果，所以正在努力工作。

122.我对自己的要求很低：我活在世上，无非想要明白些道理，遇见些有趣的事。倘能如我所愿，我的一生就算成功。

123.儒学没有凭借神的名义，更没有用天堂和地狱来吓唬人。但它也编造了一个神话，就是假如你把它排除在外，任何人都无法统治，天下就会乱作一团，什么秩序、伦理、道德都不会有。这个神话唬住了一代又一代的中国人，直到现在还有人相信。

124.古人曾说：天不生仲尼，万古长如夜。但是我有相反的想法。假设历史上曾有一位大智者，一下子发现了一切新奇、一切有趣，发现了终极真理，根绝了一切发现的可能性，我就情愿到该智者以前的年代去生活。

125.与说话相比，思想更加辽阔饱满。

126.我认为理智是伦理的第一准则，理由是：它是一切知识分子的生命线。

127.我看到一个无智的世界，但是智慧在混沌中存在；我看到一个无性的世界，但是性爱在混沌中存在；我看到一个无趣的世界，可是有趣在混沌中存在。我要做的就是把这些讲出来。

128. 真正的幸福就是让人在社会的法理、公德约束下，自觉自愿的去生活；需要什么，就去争取什么；需要满足之后，就让大家都等会儿消停。

129. 并不是说只有达到了目的才叫幸福，自己的着力才有价值，而是说因为有了这样一种希求，自己的着力才感到幸福。

130. 照他看来，写书应该能教育人民，提升人的灵魂。这真是金玉良言。但是在这世界上的一切人之中，我最希望予以提升的一个，就是我自己。这话很卑鄙，很自私，也很诚实。

假如一个社会的宗旨就是反对有趣，那它比寒冰地狱又有不如。

131.没有智慧、性爱而且没意思的生活不足取，但有些人却认为这样的生活就是一切。他们还说，假如有什么需要热爱，那就是这种生活里面的规矩。这种生活态度，简直是怪癖。

吃苦、牺牲，我认为它是负面的事件。吃苦必须有收益，牺牲必须有代价，这些都属一加一等于二的范畴。

132.有些人认为，人应该充满境界高尚的思想，去掉格调低下的思想。这种说法听上去美妙，却使我感到莫大的恐慌。因为高尚的思想和低下的思想的总和就是我自己；倘若去掉一部分，我是谁就成了问题。

133.在一切价值判断之中，最坏的一种是：想得太多、太深奥、超过了某些人的理解程度是一种罪恶。我们在体验思想的快乐时，并没有伤害到任何人；不幸的是，总有人觉得自己受了伤害。诚然，这种快乐不是每一个人都能体验到的，但我们不该对此负责任。我看不出有什么理由要取消这种快乐，除非把卑鄙的嫉妒计算在内——这世界上有人喜欢丰富，有人喜欢单纯；我未见过喜欢丰富的人妒恨、伤害喜欢单纯的人，我见到的情形总是相反。

134.假如有某君思想高尚，我是十分敬佩的；可是如果你因此想把我的脑子挖出来扔掉，换上他的，我绝不肯，除非你能够证明我罪大恶极，死有余辜。人既然活着，就有权保证他思想的连续性，到死方休。更何况那些高尚和低下完全是以他们自己的立场来度量的，假如我全盘接受，无异于请那些善良的思想母鸡到我脑子里下蛋，而我总不肯相信，自己的脖子上方，原来长了一座鸡窝。

135.知识虽然可以带来幸福，但假如把它压缩成药丸子灌下去，就丧失了乐趣。

136.人有无尊严，有一个简单的判据，是看他被当作一个人还是一个东西来对待。这件事情有点两重性，其一是别人把你当作人还是东西，是你尊严之所在。其二是你把自己看成人还是东西，也是你的尊严所在。中华礼仪之邦，一切尊严，都从整体和人与人的关系上定义，就是没有个人的位置。

137.总而言之，干什么都是好的，但要干出个样子来，这才是人的价值和尊严所在。人在工作时，不单要用到手、腿和腰，还要用脑子和自己的心胸。

138.一味地勇猛精进，不见得就有造就；相反，在平淡中冷静思索，倒更能解决问题。尊严不但指人受到尊重，它还是人价值之所在。

139.青年的动人之处，就在于勇气，和他们的远大前程。

140.所谓文学，在我看来就是：先把文章写好看了再说，别的就管他×的。

141.要努力去做事，拼命地想问题，这才是自己的救星。

142.处于不同文化中的人可以互相了解，这就需要对各种文化给予不带偏见的完整说法。

143.真正有出息的人是对名人感兴趣的东西感兴趣，并且在那上面做出成就，而不是仅仅对名人感兴趣。

144.所谓伟大的事业,就是要让自己的梦想成真。

145.一个女孩子来到人世间,应该像男孩子一样,有权利寻求她所要的一切。假如她所得到的正是她所要的,那就是最好的。

146.无论是个人,还是民族,做聪明人才有前途,当笨蛋肯定是要倒霉。

147.科学的美好,还在于它是种自由的事业。参与自由的事业,像做自由的人一样,令人神往。

148.人经不起恭维。越是天真,朴实的人,听到一种于己有利的说法，证明自己身上有种种优越的素质，是人类中最优越的部分，就越会不知东西南北，撒起癔症来。我猜越是生活了无趣味，又看不到希望的人，就越会竖起耳朵来听这种于己有利的说法。

149.人活在世界上，需要这样的经历：做成了一件事，又做成了一件事，逐渐地对自己要做的事有了把握。

150.不管社会怎样，个人要为自己的行为负责。

151.古往今来的中国人总在权势面前屈膝，毁掉了自己的尊严，也毁掉了自己的聪明才智。

个人的体面与尊严，平等，自由等等概念，中国的传统文化里是没有的。

152.假如人生活在一种无力改变的痛苦之中，就会转而爱上这种痛苦，把它视为一种快乐，以便使自己好过一些。

153.蛊惑宣传虽是少数狂热分子的事业，但它能够得逞，却是因为正派人士的宽容。

154.不但对权势的爱好可以使人误入歧途，服从权势的欲望也可以使人误入歧途。

155.人该是自己生活的主宰，不是别人手里的行货。

156.我认为，把智慧的范围限定在某个小圈子里，换言之，限定在一时，一地，一些人，一种文化传统这样一种界限之内是不对的；因为假如智慧是为了产生，生产或发现现在没有的东西，那么前述的界限就不应当存在。

157.假设我们说话要守信义，办事情要有始有终，健全的理性实在是必不可少。

158.不断地学习和追求，这可是人生在世最有趣的事啊，要把这件趣事从生活中去掉，倒不如把我给阉了。

159.人活在世上，自会形成信念。对我本人来说，学习自然科学，阅读文学作品，看人文科学的书籍，乃至旅行，恋爱，无不有助于形成我的信念，构造我的价值观。

160.假设善恶是可以判断的，那么明辨是非的前提就是发展智力，增广见识。

161.我自己当然希望变得更善良，但这种善良应该是我变得更聪明造成的，而不是相反。

162.假如这世上没有有趣的事我情愿不活。有趣是一个开放的空间，一直伸往未知的领域，无趣是个封闭的空间，其中的一切我们全都耳熟能详。

163.我觉得爱情里有无限多的喜悦，它使人在生命的道路上步伐坚定。

164.肉麻的东西无论如何也不应该被赞美了。人们没有一点深沉的智慧无论如何也不成了。

我呀，坚信每一个人看到的世界都不该是眼前的世界。眼前的世界无非是些吃喝拉撒睡，难道这就够了吗？还有，我看见有人在制造一些污辱人们智慧的粗糙的东西就愤怒，看见人们在鼓吹动物性的狂欢就要发狂。

165.今天我想，我应该爱别人，不然我就毁了。

166.对一位知识分子来说，成为思维的精英，比成为道德精英更为重要。

后记 | 常识与共识

　　卡勒德·胡塞尼在《追风筝的人》的序言里说，他的写作主要是为自己。为自己写点东西，真惬意，坦诚而美好的。把所感写下来，以为现在的反刍、将来的反思。这也是我此刻的心情，回想当年写第一本书《就想开间小小咖啡馆》的时候，心境都没有今天这样平静。即便第一本书莫名其妙在大陆卖出了近四十万册，我从来也不敢以作家自诩，之所以要写这本书，就是想在小波离世二十三年之际一定要做点什么。

　　在给李银河的一封信中，王小波这样写道："我从童年继承下来的东西只有一件，就是对平庸生活的狂怒，一种不甘落寞的决心。小时候我简直狂妄，看到庸俗的一切，我把它默默地记下来，化成了沸腾的愤怒。不管谁把肉麻当有趣，当时我都要气得要命，心说，这是多么渺小的行为！我将来要从你们头上飞腾过去。"看到这一段的时候，我的心跳加速。小波还写道："我越来越认为，平庸的生活，为社会扮演角色，把人都榨干了……既然你要做的一切都是别人做过一万次的，那么这件事还不令人作呕吗？比方说你我都是 26 岁的男女，按照社会的需要 26 岁的男女应当如何如何，于是我们照此去做，一丝不苟。那我们做人又有什么趣味？好像舔一只几千万人舔过的盘子，想想都令人作呕。"

就是这些话语当年如同当头棒喝让我如梦初醒。我今天能够自认为清醒地活着，还津津有味，怎么感谢王小波都不为过。其实，非要自不量力地写《余波未了》，何尝不是在一边写，一边提醒自己，有趣的生活不是唾手可得，需要寻找和创造，不能停。当然，这本书如果得以在台湾出版，让更多人知道，在那样一个惨烈的、荒唐的时代，竟然也曾经出现过这么一个能够独立思考的、理性的、睿智而有趣的人，还拥有众多的追随者，多少对人这种动物可以增添一点信心吧，不论是哪里人，什么人。果真如此，就再好不过了。

我知道自己的斤两，强调写这本书只为自己纪念和反思，既是真实的心情，实在也是害怕水平有限，因误读或表达上打了折扣而辱没了王小波。但有一件事我十分肯定，小波之于我的最大意义是帮助我找到了一条通往常识之路。我一直认为，中国是一个常识稀缺的国度，怎么造成的没法在此赘述，但诚如诗人海子说的："该得到的尚未得到，该丧失的早已丧失。"我深知常识的重要性，对我个人、对社会、对人类都是。不同背景、不同文化、不同地域的人们只有在众多常识上达成共识才有可能相互包容，和谐共处。每一个人生命之中都应该有一个"王小波"，从他开始，通过不断地阅读、旅行和思考，殊途同归到自然和理性的常态。

目睹当今世界，纷争依然无处不在，尤其是互联网的便利让表达越来越情绪化，各式各样的分歧显得更加难以调和。每当忧心忡忡的时候，我就想起了王小波，想起了因小波之后，我知道的这世界上曾经出现过的奥威尔、罗素、卡尔维诺、哈维尔、哈耶克、尤瑟纳尔、杜拉斯、萧伯纳、维特根斯坦、米兰·昆德拉、马尔克斯、马尔库塞、布罗代尔、托马斯·潘恩……不胜枚举。既然人类能够孕育出他们，帮助这个世界一次次从令人绝望而危险的边缘回到正轨，那么现在，显然不是人类最黑暗的时代，我们没有理由缺乏信心。

最后，引用托马斯·潘恩在其《常识》序言里的一句话："眼下北美大陆的事业在很大程度上是全人类的事业。诸多已发生或将会发生的状况不仅局限于北美，而是具普世性的；这些状况牵涉到所有热爱人类之士秉持的原则，他们正热切地关注着这一伟大的事业。"历史学家普遍承认，两百多年前，只有华盛顿而没有托马斯·潘恩，准确地说是托马斯·潘恩的这本小册子《常识》，就不可能有美国独立战争的胜利乃至美国的建立。而我最后引用这段话的意思是想表达，任何一个人、一本书，只要是有助于人的理性思考，都是关乎全人类的事业。我深受王小波的影响，活得还像个人样子，现在也在帮助一些年轻人靠双手过上独立、自由的小日子，算是用自己的方式或多或少也在影响一些人，如果小波还在，知道我正在做的事情，一定会很高兴。

王小波虽然离世二十年了，但是"余波未了"，也不能了。

2017.2.12 于大理